HÉSIODE ÉDITIONS

EDMOND ABOUT

Étienne, histoire d'un coq en pâte

Hésiode éditions

© Hésiode éditions.

1 rue Honoré - 93500 Pantin.
ISBN 978-2-493135-08-7
Dépôt légal : Septembre 2022

Impression Books on Demand GmbH

In de Tarpen 42
22848 Norderstedt, Allemagne

Étienne, histoire d'un coq en pâte

Il ne s'appelait pas Étienne ; ce n'était ni son nom ni son prénom. Peut-être a-t-il signé de ce modeste pseudonyme un vaudeville, une bluette, une série de petits articles malins, quelque péché de sa jeunesse. C'est lui-même qui m'a donné ce vague renseignement lorsque j'eus accepté la tâche dont je m'acquitte aujourd'hui.

« J'ai peu de temps à vivre, disait-il, et je ne veux pas que ma mémoire reste ici-bas comme une énigme. Nous devons quelques pages d'explications à ceux qui ont envié ma fortune ou blâmé ma conduite. Il importe aussi d'avertir les imprudents qui pourraient être induits à m'imiter. »

Comme je lui faisais observer qu'il n'était pas seul en cause dans cette histoire, et que l'éclat de son nom désignerait surabondamment les auteurs de toutes ses misères, il répondit :

« Eh ! ne me nommez pas. Écrivez l'histoire du fameux Jacques, ou du célèbre Pierre, ou d'Étienne… Oui ! je me suis appelé Étienne pendant un mois ou deux. Mes amis me reconnaîtront toujours assez, et vous savez que je suis peu sensible à l'opinion du vulgaire. Évitons le scandale, mais si vous avez eu quelque estime et quelque amitié pour moi, faites que l'expérience dont je meurs ne soit pas perdue pour tout le monde. »

Il mourut dans la quinzaine qui suivit notre entretien, sans laisser de volontés écrites. On peut donc considérer le récit qui va suivre comme le testament de cet esprit d'élite et de cette âme de bien.

I

Mes premières relations avec Étienne remontent au deuxième samedi de janvier 185… Je fis sa connaissance à dîner, chez ce pauvre Alfred Tattet, qui adorait la poésie et la peinture, et qui a gagné le gros lot de l'immortalité en méritant une dédicace de Musset. On respirait la renommée à pleins poumons autour de cette table hospitalière. Jugez des émotions qui durent agiter un pauvre conscrit de lettres, lorsque j'entendis annoncer coup sur coup Dumas fils, Ponsard, Meissonier, Jadin, Decamps, et dix autres personnages presque aussi célèbres en divers genres ! Mes oreilles, mes yeux ne m'appartenaient plus : je dévorais les physionomies, je buvais les paroles, j'avais l'air d'un jeune paysan de Béotie introduit par méprise au banquet des dieux.

Entre tous ces illustres, Étienne – puisque nous sommes convenus de l'appeler ainsi – me captiva de prime abord. Je me sentis non-seulement attiré, mais fasciné. Quand je cherche aujourd'hui les causes de cette première impression, je n'en trouve qu'une : c'est qu'il représentait le type du brillant écrivain tel qu'on se le figure a priori. Il était grand, il était brun, il était svelte et de tournure martiale ; sa barbe vierge et ses cheveux un peu longs se massaient librement, mais sans négligence, dans un désordre bien ordonné. Sa toilette pouvait passer pour un chef-d'œuvre, tant les lois qui régissent notre uniforme bourgeois étaient coquettement éludées. La coupe de l'habit, le nœud de la cravate blanche, l'échancrure du gilet, que sais-je encore ? tout, jusqu'à la chaîne de montre, était original, voulu, prémédité au plus grand avantage de la personne ; aucun détail ne semblait livré au hasard ou à la routine des tailleurs, et pourtant rien ne rappelait les hautes fantaisies de 1830. On n'aurait pas su dire en quoi cette tenue péchait contre la mode du jour. Il y avait de la recherche sans affectation, de l'aisance sans débraillé et une pointe de crânerie sans fanfaronnade dans ce dandysme cavalier qui m'éblouit.

Étienne avait alors plus de trente et moins de quarante ans ; on comprendra la réserve qui m'interdit de préciser son âge. Ses parents, bons bourgeois, plus qu'aisés, presque riches, l'avaient mis au collège, et après de brillantes études il était entré de plain-pied dans les lettres. Ses débuts furent heureux ; il plut des encouragements, et de très-haut, sur sa jeune tête. Balzac déclara qu'il avait des idées ; Stendhal, qu'il raisonnait juste, et Mérimée, qu'il écrivait bien. Les grands poètes du siècle répondirent en vers à ses vers ; Sainte-Beuve lui consacra une étude magistrale ; David d'Angers fit son buste et M. Ingres son crayon. Lorsque j'eus l'honneur de lier connaissance avec lui, on commençait à demander pourquoi il ne visait point à l'Académie.

Son bagage se composait de vingt-cinq à trente volumes, poésies, voyages, critiques, nouvelles, romans surtout. Plus heureux que Balzac, il avait réussi quatre ou cinq fois au théâtre ; mais on pensait généralement qu'il n'avait pas encore développé tous ses moyens ni donné sa mesure. Le vieux Prévost, de la Comédie-Française, si bonhomme et si fin, disait : « M. Étienne a un Mariage de Figaro dans sa poche. » Un célèbre éditeur, qui avait publié la plupart de ses livres, lui demandait souvent : « Quand commencerez-vous le Roman du dix-neuvième siècle ? c'est une tâche qui vous revient. » Il répondait en haussant les épaules : « Attendez que j'aie jeté mon feu ; je ne sais ni ce que je fais ni comment je vis. Je porte là, sur les épaules, une cuve en fermentation : qui peut dire ce qui en jaillira au soutirage ? piquette Ou chambertin ? »

Il avait gaspillé beaucoup de son talent et son patrimoine tout entier. La chronique, qui ne s'imprimait guère alors, mais qui se racontait à l'oreille, lui prêtait cent cinquante ou deux cent mille francs de dettes, quoiqu'il habitât un appartement somptueux, encombré de tableaux hors ligne et de meubles introuvables. Son œuvre, dont il était resté propriétaire, mais qu'il exploitait mal, était fort mélangé : pour neuf ou dix volumes dignes de vivre, on en comptait beaucoup qu'il aurait pu se dispenser d'écrire et qu'il avait faits sans savoir pourquoi, en somnambule. Tantôt la fièvre de production le clouait devant sa table et il abattait cinq ou six volumes à la file ; tantôt il trouvait plaisant de faire le grand seigneur et de vivre des rentes qu'il n'avait plus. Puis, le jour où les créanciers devenaient importuns, il prenait son parti en honnête garçon et s'attelait à quelque besogne aussi ingrate que lucrative, sauf à n'y point mettre son nom. Ces dérèglements de travail, de finance et de conduite, quelques duels, quelques succès dans le monde des femmes faciles, enfin le renom de parfait galant homme appuyaient les rares séductions de sa personne. Son regard étincelait, sa voix mêle, voilée par moments, était une des plus sympathiques que j'eusse entendues.

Beau convive, d'ailleurs, et bon vivant. Il buvait son vin pur et par rasades, à la vieille mode de France, mais il s'abstenait du café, des liqueurs et du cigare, et il ne dépassait en rien la juste mesure. Il restait homme de bonne compagnie jusque dans ses gaietés les plus étourdissantes et ne se grisait pas même de ses paroles, quoiqu'il en fît grande débauche quelquefois.

La seule chose qui me déconcerta ce soir-là fut de le voir épuiser le meilleur de sa verve contre la noble carrière des lettres où j'étais si fier de débuter. A l'entendre, le métier d'écrire était le dernier de tous ; il fallait n'avoir pas un oncle dans la cordonnerie ou un parrain dans les droits réunis pour accepter un sort si misérable.

« Nous avons pour ennemis, non-seulement nos confrères, grands et petits, c'est-à-dire tout ce qui a le talent ou la prétention de tenir une plume, mais le public lui même et le bourgeois illettré qui ne nous pardonne pas d'être supérieurs à lui. Quoi que nous fassions, on nous blâme : si j'écris beaucoup, on dira que je me livre au commerce et que je tire à la ligne ; si j'écris peu, on prétendra que je suis au bout de mon rouleau et qu'il ne me reste plus rien à dire ; si je n'écris ni peu ni beaucoup, on imaginera que je ménage mon petit fonds pour faire feu qui dure. Chaque succès nous rend le suivant plus difficile, car on devient plus exigeant à mesure que nous donnons une plus'haute idée de notre mérite ; la moindre chute fait dire aux quatre coins du monde que nous sommes de vieux chevaux couronnés, qui ne se relèveront plus.11 s'agirait tout bêtement de produire un chef-d'œuvre à tout coup ; mais Homère, Virgile, Dante, Milton, Arioste, le Tasse, Rabelais, Montaigne, Cervantes, Daniel Foe, La Fontaine, La Bruyère, Le Sage, combien nous en ont-ils donné, des chefs– d'œuvre ? Un par tête ! deux au maximum. Faire un chef-d'œuvre, mes amis, c'est concentrer tout soi dans un seul livre. Supposez que je commette cette imprudence aujourd'hui, je mourrai de faim l'année prochaine. Le public me servira-t-il des rentes ? Prouvez donc à ce glouton sans goût que la qualité a plus de prix que la quantité ! Nous sommes des galériens condamnés à toujours produire, lors même que nous n'avons rien de nouveau à conter ; il faut se remâcher soi-même incessamment, badigeonner à neuf ses impressions d'autrefois, ressasser jusqu'à l'âge le plus mûr les trois ou quatre idées originales qu'on a pu rencontrer dans sa jeunesse ! Oh ! si le genre humain pouvait perdre la sotte habitude de lire ! ou si tout simplement un honnête usurier de Versailles ou de Château-Thierry me couchait sur son testament pour douze mille livres de rente, c'est moi qui ferais vœu de ne toucher papier ni plume jusqu'à l'heure du jugement dernier ! Que la vie serait bonne I que la lumière du soleil serait douce et que les Parisiens eux-mêmes me paraîtraient jolis, si j'avais le droit de dire tous les matins, en chaussant mes pantoufles : a Pas une ligne à tracer aujourd'hui. »

Il parla longtemps sur ce ton avec une verve que je ne saurais rendre, mais dont je fus un peu consterné. Mon voisin devina sans doute ce que j'éprouvais, car il me dit à l'oreille :

« Ne faites pas attention, il est toujours ainsi lorsqu'il travaille pour vivre, et le pauvre garçon ne fait pas autre chose depuis six mois. »

Cette révélation me fit prendre le dix-neuvième siècle en mépris. Un tel homme manquait de pain ! L'auteur de tant d'œuvres exquises était réduit à gagner sa vie au jour le jour ! Son brillant appétit, qui m'avait d'abord égayé, m'attrista : s'il dîne si bien, c'est peut-être qu'il n'a pas déjeuné ! Mais une heure après le repas, quand les invités réunis au salon assiégèrent la table de jeu, je le vis tirer de sa poche une poignée d'or et de billets avec quelque menue monnaie. Il tint tête aux plus forts, risqua les gros coups, prit la banque, perdit presque tout sans témoigner le moindre ennui, puis regagna son argent et une centaine de louis par dessus le marché sans laisser voir qu'il en fût aise. Il était homme à batailler ainsi jusqu'au matin, et je ne trouvais pas le temps long à le regarder faire ; mais la maîtresse de maison nous mit tous à la porte une demi-heure après minuit.

Avant de se disperser, les convives échangèrent force poignées de mains sur le trottoir de la rue Grange-Batelière. Je ne pus me tenir de parler à M. Étienne et de lui dire combien je ressentais d'admiration pour son talent et de sympathie pour sa personne. Il me prit le bras, et répondit avec une familiarité surprenante en m'entraînant vers la rue Drouot :

« Mon enfant, tu as été très-gentil ; tu as écouté, tu as observé et tu n'as pas touché aux cartes. Je n'ai pas lu tes petites affaires ; est-ce qu'on lit dans notre affreux métier ? Mais il paraît que tu vas bien et que tu as le respect de la langue. J'aimerais mieux te voir un bon état ; tu es encore en âge d'apprendre à tourner des bâtons de chaises ; mais l'homme ne choisit pas sa destinée. Viens me voir, et si je peux te rendre un service... »

Cette bienveillance quasi-paternelle d'un homme qui n'était pas mon aîné de quinze ans m'enhardit. J'osai lui demander une lettre d'introduction pour le directeur d'une revue importante.

« Tu tombes mal, dit-il en me tutoyant de plus belle. Je suis en guerre depuis plusieurs années avec ce gaillard-là ; mais n'importe, tu auras ta lettre.

– Cependant si vous êtes son ennemi...

– Il comprendra que je ne le suis plus en voyant que je lui demande un service. Le diable m'emporte au reste si je me rappelle un seul mot de ma querelle avec lui ?

– Se peut-il que l'on se brouille et l'on se raccommode ainsi entre écrivains de premier ordre ?

– Attends que tu sois quelque chose, et tu verras ! Mais je t'emmène sans savoir si nous faisons la même route. Où vas-tu ?

– Me coucher.

– Comme ça ? bravement ? quand il n'est pas une heure du matin ? Il n'y a donc plus de jeunesse ? Moi, je ne veux pas dormir, parce que j'ai un article à livrer demain matin, avant dix heures. Je vais au bal de l'Opéra, toi aussi ; nous souperons avec des princesses, tu me reconduiras chez moi, et je te signerai ton passeport pour la revue, tandis que tu regarderas lever l'aurore. J'ai dit ; marchons. »

Je le suivis sans résistance ; ce diable d'homme me dominait si bien que je ne m'appartenais plus. Nous n'avions de billets ni l'un ni l'autre ; il entra fièrement, et dit aux employés du contrôle :

« Avez-vous une loge pour moi ? »

On s'empressa de nous conduire et de nous installer le mieux du monde.

« Retiens le numéro, me dit-il, pour le cas où tu me perdrais. Nous nous retrouverons ici à deux heures et demie. Jusque-là, liberté complète ; reste ou sors, tu es chez nous. »

Cela dit, il me laissa, et je me mis à regarder la salle, persuadé que la discrétion me défendait de le suivre.

Peu après, m'étant risqué dans les couloirs, je le rencontrai debout devant une colonne, à deux pas du foyer. Cinq ou six dominos le harcelaient à qui mieux mieux, et il leur répondait à tous en même temps avec une désinvolture admirable. Les hommes faisaient cercle pour l'écouter, et les petits, journalistes, qui l'appelaient cher maître, ramassaient les miettes de son esprit. C'était la première fois que j'assistais à pareille fête, et je fus prodigieusement étonné lorsqu'il tira sa montre en m'appelant du coin de l'œil : il était bel et bien deux heures et demie ; je croyais que nous venions d'arriver !

Il m'entraîna dans la direction du café Anglais, et comme je lui faisais observer que nous n'avions faim ni l'un ni l'autre, il me dit :

Qu'est-ce que cela prouve ? on ne soupe pas pour se nourrir, mais pour se désennuyer. Nous avons le prince Guéloutine, Hautepierre, vice-président du Jockey, et Oporto, le plus drôle des agents de change ; plus cinq bayadères anonymes que j'ai recrutées à l'aveugle, mais qui ne sont ni laides ni sottes.

– Comment le savez-vous ?

– D'abord parce que j'ai causé avec elles, ensuite parce qu'elles ont les yeux bien enchâssés. Le masque n'a guère de secrets pour l'homme qui sait voir : deux yeux irréprochablement sertis annoncent une femme jeune et presque toujours belle. C'est un Arménien de Constantinople qui m'a révélé cette loi, et je l'ai vérifiée cent fois en dix années au bal de l'Opéra.

L'événement me prouva qu'il ne s'était pas trompé de beaucoup. Lorsque nous fumes au complet dans le grand salon d'angle qu'il avait retenu, les dominos se démasquèrent, et le plus modeste des cinq était encore une créature assez agréable. Étienne leur fit les honneurs du souper avec une élégante fatuité qui sentait sa régence d'une lieue ; trop dédaigneux pour en courtiser une, trop poli pour leur laisser voir un sentiment que nous devinions tous. Évidemment il n'avait rassemblé ces petits animaux inférieurs que pour égayer la fête et pour faire une étude de mœurs ; mais l'habitude de parler, d'agir et d'occuper la scène était si forte chez lui qu'il prit le dé de la conversation sans y songer et nous éblouit tous par un véritable feu d'artifice. Les paradoxes pétillaient sur ses lèvres, les mots heureux éclataient à l'improviste comme des bombes ; quelquefois une idée noble et poétique s'enlevait jusqu'au ciel en fusée et retombait en grosse gaieté rabelaisienne. Ce jeu lui plut jusqu'à six heures du matin, puis tout à coup il se rappela qu'il avait à travailler et il sortit pour payer la carte. Le gros agent de change était ivre, le vice– président du club s'endormait, le prince russe, allumé comme un phare, mettait ses roubles et ses moujiks aux pieds d'une choriste de Bobino ; quant à moi, je sentais ma tête se craqueler et j'éprouvais un violent besoin de respirer le grand air.

Étienne, toujours frais et souriant, mit son monde en voiture avec les belles façons et les grands airs d'un châtelain, glissant un mot aimable à celui-ci, une pincée d'or à celle-là.

« Quant à toi, me dit-il, tu viens à la maison chercher ta lettre. »

Et nous voilà piétinant côte à côte jusqu'au milieu de la Chaussée d'Antin. Je ne pus m'empêcher de lui dire :

« Eh ! mon pauvre grand homme, tu veux donc émigrer vers les mondes meilleurs ? La vie que tu mènes est un suicide continu ; il n'y a pas de vigueur physique ou morale qui puisse y résister six mois. »

C'était lui qui m'avait enjoint de le tutoyer, et je obéissais non sans gène.

Il me répondit en riant :

« N'est-ce pas ? Je me le dis tous les jours à moi-même depuis dix ans et plus ; mais que faire ? Je n'ai pas le choix ; il faut que l'homme suive sa destinée jusqu'au bout. Crois-tu qu'au fond du cœur je n'aimerais pas mieux planter des betteraves dans un village, entre une honnête petite femme et une demi-douzaine de marmots ? Mais planter des betteraves est un luxe que mes moyens ne me permettront pas de longtemps. Jusqu'ici je n'ai cultivé que les dettes, et je ne tarderai pas, selon toute apparence, à récolter des recors. Ma personne est hypothéquée, je ne travaille plus pour moi ; le bourgeois qui me confierait le bonheur de sa fille serait nommé du coup maire de Charenton.

– Cependant on en voit assez, des bourgeois enrichis qui jettent leurs filles et leurs millions à de petits vicomtes criblés de dettes. Votre nom,… ton nom, veux-je dire, a cent fois plus d'éclat que tous ceux qu'on paye si cher. Qui pourrait hésiter entre un gentilhomme de hasard et un prince de la littérature ?

– On n'hésite pas, je t'en réponds ; le gentillâtre, vrai ou faux, sera toujours élu, sans ballottage. Le pire de ces vauriens-là est mieux coté à la bourse des familles que le meilleur d'entre nous.

– Mais si les hommes ont des préjugés, les femmes n'en ont pas et il y en a beaucoup qui ne dépendent que d'elles-mêmes. Celles-là vous connaissent, elles vous ont lu, elles ont passé des heures délicieuses sur vos livres, vous les avez fait rêver, et ce prestige de l'auteur aimé, cette séduction à distance qui vous a préparé tant de succès dans le monde, pourrait tout aussi-bien….

– Tais-toi donc, grand entant Mes succès ! D'abord, je n'y vais pas dix fois par an, dans le monde, et quand cela m'arrive je m'ennuie d'être dévisagé comme un animal curieux et je me dérobe au plus vite. J'ai rencontré, il est vrai, quelques semblants d'aventures ; il y a des âmes collectionneuses qui rassemblent dans un album secret tous les hommes dont on parle un peu. On m'a écrit des aveux bien tournés, j'ai répondu, j'ai dépensé la matière de cinq ou six romans dans ces travaux épistolaires, mais chaque fois qu'il a fallu rencontrer face à face une de ces adorables correspondantes, je l'ai trouvée d'un âge et d'un visage à faire fuir l'armée russe, et mes vraiment bonnes fortunes, entends-tu ? sont celles dont j'ai pu me libérer avant la faute. Mais voici ma tanière. »

Un camérier très-correct, qui avait passé la nuit en cravate blanche sur une banquette de l'antichambre, nous ouvrit avant le coup de sonnette. En un clin d'œil, Étienne fut déchaussé, déshabillé, et drapé dans les larges plis de je ne sais quelle soierie orientale.

Vingt bougies s'allumèrent comme par enchantement dans son cabinet, vrai bazar, où les raretés de tous les temps et de tous les pays formaient une décoration fantastique. J'avais à peine commencé la revue de ces merveilles lorsqu'il me cria :

« Laisse le bric-à-brac et viens voir mon seul meuble de prix ! »

En même temps il me tendait un énorme cahier, ou pour mieux dire une demi-rame de papier cousu dans une couverture rouge qui portait en gros caractères : Jean Moreau.

« Qu'est cela ? dis-je tout étonné.

– Mon chef-d'œuvre.

– Inédit, à coup sûr, car voici la première nouvelle….

– Mieux qu'inédit : ouvre et juge !

– Du papier blanc !

– Tout est encore à faire, sauf le titre et le plan ; en cherchant bien, tu trouverais les sommaires détaillés de vingt chapitres. Ce que tu tiens, mon cher, est la carcasse d'une belle chose qui n'existera peut– être jamais. Il y a dans chaque demi-siècle l'étoffe d'un livre net, brillant et profond, comme le Gil Blas de Le Sage. Jean Moreau, s'il vient au monde, doit être mon Gil Blas, à moi. Les uns m'ont supplié, les autres m'ont défié de construire ce monument ; double raison de l'entreprendre ! J'amasse des matériaux, j'en ai la tête encombrée comme un chantier mal en ordre. Mais la première pierre, posée depuis sept ans, attendra peut-être éternellement la deuxième.

– Pourquoi ?

– Eh ! parce qu'il faut se nourrir. Les chefs-d'œuvre, mon bon, ne font vivre que les libraires ; quant à nous, nous en mourons. Rien de tel que les articles de pacotille comme celui que je vais lâcher dans un moment. Ça n'engage ni le talent ni la réputation de l'auteur, et ça se paye dix louis, rubis sur l'ongle. Je fais, entre autres choses utiles et désagréables, la chronique des théâtres, dans un journal d'opposition dynastique. La semaine a été pauvre, tu sais ? Pas le plus petit morceau de drame ou de comédie ; rien qu'une féerie inepte, et que d'ailleurs je n'ai pas vue, le Topinambour enchanté, par cinq ou six messieurs dont le plus spirituel et le plus lettré ferait à peine un concierge acceptable. Je vais écrire douze colonnes sur… je me trompe… à côté de-cette rapsodie foraine.

– Comment ! n'étiez-vous pas à la première représentation ? J'y étais, moi.

– C'est bien assez d'avoir à rendre compte de pareilles turpitudes ; s'il fallait encore les subir, le donnerais ma démission. Mais, j'y songe ! puisque tu as été témoin de la petite fête, tu vas faire mon feuilleton.

– Moi ! écrire un article de vous !

– Je n'y vois nul inconvénient, et j'y trouve un grand avantage.

Et vous pourriez signer ma prose de votre nom ?

– Sans scrupule : cette littérature alimentaire ne tire pas à conséquence. Je te réponds que sur les six auteurs de la pièce, il y en a bien cinq qui n'ont pas écrit un seul mot.

– Mais le public qui connaît votre style…

– Le public n'est pas plus connaisseur en copie qu'en vin ou en peinture ; il juge tout sur l'étiquette. Allons, fils, mets-toi là, travaille et tâche d'avoir fini quand je sortirai de mon bain. A bientôt ! »

Il faut que je l'avoue, j'aurais mieux aimé me mettre au lit. L'heure me semblait mal choisie pour exécuter des variations sur le thème du Topinambour enchante ; mais j'étais jeune soldat, c'est-à-dire homme à surmonter la fatigue et la crainte pour faire mes preuves devant un chef. Je me lançai dans le compte rendu, tête baissée, et comme il y a des grâces d'état pour l'inexpérience et la témérité, j'avais– fini avant neuf heures, lorsqu'Étienne reparut.

« Nous y sommes ? dit-il en s'étendant sur une peau d'ours blanc. Lis, je t'écoute. »

Ses interruptions bienveillantes me prouvèrent que j'avais réussi ; il entrecoupa ma lecture de : bien ! très-bien ! bravo ! comme le discours d'un ministre dans les colonnes du Moniteur, il applaudit le dernier paragraphe, en protestant que de la vie il ne s'était connu tant d'esprit. Seulement il regretta que je n'eusse point débuté par quelques considérations générales sur le bel art de la féerie, dont l'industrie moderne a fait une chose abjecte et méprisable.

« Eh quoi ! voilà des hommes à qui l'on permet tout, on laisse entre leurs mains des ressources et des pouvoirs discrétionnaires. Le passé, le présent, l'avenir, le vrai, le faux, le pathétique, le comique, tout est de leur domaine ; on leur livre à profusion tout ce qui peut charmer les yeux et les oreilles, lumières, peintures, machines, femmes, étoffes, paillons, danse, musique ; on les affranchit, par privilège, de toutes les règles de l'art dramatique, et en échange de tant de concessions on ne leur demande rien que de nous transporter, quatre heures durant, dans un monde un peu moins plat que le nôtre. Que font-ils ? Ils nous traînent dans des vulgarités plus fangeuses que le ruisseau de la rue Mouffetard l »

Tout en parlant, il m'avait mis une plume dans la main, et j'écrivais sous sa dictée. Lorsqu'il eut épuisé son thème, il parla de Shakspeare et du Songe d'une nuit d'été ; il expliqua comment la prose et les vers doivent alterner dans la féerie, selon que le poète s'élève aux nues ou vient friser le sol. Quatre lignes sur la donnée et sur le plan sénile du Topinambour enchanté le conduisirent sans autre transition à un magnifique paysage de Thierry, qui illustrait le premier acte. Il traduisit ce décor à coups de plume ; c'était un effet d'hiver ; il peignit en traits charmants l'hiver sous bois et ses harmonies intimes, les montagnes estompées de brouillard, les brindilles hérissées de givre, le silence épais, étoffé, solide, qui pèse sur la campagne, le filet de fumée bleuâtre qui s'élève en droite ligne sur la maison du forestier, le rouge-gorge frappant aux fenêtre :., le chevreuil affamé qui se dresse contre les arbres pour brouter le sombre feuillage du lierre. A propos du ballet, qui avait la prétention d'être antique, il disserta gaiement, légèrement, avec autant de goût que de savoir, et sans ombre de pédanterie, sur la danse des Grecs anciens et modernes. Un couplet politique, dont j'avais cité le trait final, lui fournit l'occasion de flageller à petits coups secs la poésie de cantate et la littérature de commande. Il finit par une description, vrai morceau de bravoure, où, sous prétexte de peindre les exercices d'un nouveau clown, il étalait un style plus bariolé, plus disloqué, plus raide, plus souple, plus humoristique et plus impertinent que tous les clowns de l'Angleterre. J'étais émerveillé et navré, car de mon pauvre article il ne restait pas un seul mot ; mais Étienne continuait à me remercier comme si véritablement j'avais fait toute sa besogne.

Il sonna ; le domestique vint prendre le manuscrit en apportant quelques lettres.

A la première qu'il ouvrit, il s'écria :

« Parbleu en voici une qui tombe à point. Impossible de mieux entrer dans la situation. Lettre de femme, mon cher, et de femme du monde ; au moins, c'est elle qui le dit. Sauf quelques variantes, ceci rentre dans le modèle numéro 7, car j'ai soumis au classement cas élucubrations sentimentales. On est veuve, on est riche et de bonne famille, mais on se garde d'indiquer si l'on est jeune ou vieille, laide ou jolie ; nous pénétrons trop aisément, hélas ! les causes de cette discrétion. On a lu mes romans, rencontré mon portrait, déploré mes petits malheurs et blâmé tendrement mon inconduite ; mais on ne dit pas si l'on veut se faire épouser, ou simplement rire un peu, ou soutirer au bon Étienne une demi-douzaine d'autographes. Connu, ma chère I vous arrivez trop tard ; je ne mords plus à cet hameçon-là. »

Il jeta la lettre au panier, puis se ravisant tout à coup, il la reprit pour me la donner à lire

« Étudie, mon enfant, et profites, si tu en es capable. Peut-être un jour recevras-tu quelques poulets de la même couvée ; c'est pourquoi je t'invite à lier connaissance avec le modèle numéro 7. »

Voici ce que je lus pendant qu'il achevait de dépouiller sa correspondance :

Sur le salut de votre âme, monsieur Étienne, je vous adjure de ne point juger trop promptement l'imprudente qui trace en tremblant ces quelques lignes. Mon esprit et mon cœur vous appartiennent depuis le jour où Dieu m'a rendu la libre disposition de moi-même ; jusque-là je m'étais interdit de penser à vous, j'avais même cessé de lire vos chers livres, y trouvant un plaisir si vif que je ne pouvais m'en absoudre. Pendant ces dix-huit mois, j'ai osé m'enquérir de vous, prudemment, sans donner l'éveil à ceux dont la surveillance est arbitraire autant qu'importune. Je connais votre figure, et si bien, qu'il me serait facile de vous désigner au premier coup d'œil dans une foule de mille personnes ; Me pardonnerez-vous l'indiscrète, mais tendre curiosité qui m'a mise sur la trace de vos embarras actuels et des généreuses folies qui en sont cause ? Mon vœu le plus cher serait de vous ramener à une vie heureuse et réglée, si vous me faisiez la grâce de vous confier à moi. La fortune dont je jouis est plus que suffisante pour deux personnes.qui seraient seulement à moitié raisonnables ; quant à l'affection, j'en ai des trésors à dépenser. Le ciel me doit ma part de bonheur, et Dieu sait que je l'ai bien gagnée ; mais je ne veux la tenir que de vous. Si vous aviez quelque attachement ou si je vous déplaisais à première vue, j'aurais bientôt fini de prendre le voile, comme la famille me l'a déjà conseillé ; mais comment sauronsnous si nous sommes créés l'un pour l'autre ? Après mûre délibération, ne pouvant prendre conseil que de moi-même, voici ce que j'ai imaginé. Vous viendrez dimanche à la messe de onze heures, dans la petite église de la Trinité, rue de Clichy. J'y serai de bonne heure et je me placerai, s'il est possible, à droite ; vous me reconnaîtrez à ma robe et à mon chapeau de velours bleu foncé ; la plume du chapeau est noire et moi je suis blonde. Un homme peut aller et venir dans une église pendant le service divin sans se faire trop remarquer. Vous suivrez une première fois le couloir de droite entre les chaises jusqu'à ce que vous m'ayez vue ; vous vous en retournerez sans faire aucun signe et vous vous livrerez à vos réflexions ; puis un moment après l'oraison dominicale, vous reviendrez par la même route, et si je vous ai plu, vous passerez votre mouchoir sur votre front. Quel que soit votre avis sur mon humble personne, ne m'attendez pas à la sortie, ne m'offrez pas l'eau bénite, gardez-vous de me saluer et de me suivre, même de loin I Je suis accompagnée partout et rigoureusement observée. Attendez que je vous écrive et que je trouve le moyen de recevoir vos lettres ou vos visites sans m'exposer. Ce n'est pas de vous que je me méfie, ô Dieu, non ! Et à preuve, monsieur Étienne, c'est que je signe cette lettre qui met à votre merci mon honneur et mon repos.

« Hortense BERSAC, née de GARENNES. »

Les vingt premières lignes étaient parfaitement lisibles ; la fin, beaucoup plus hâtée et écrite d'une encre assez pâle, ne se déchiffrait pas si bien. Le papier in-quarto, d'un blanc bleuâtre, ressemblait à celui qu'on donne aux voyageurs dans les hôtels de second ordre ; on avait déchiré le coin supérieur de gauche, qui sans doute portait une indication imprimée. Pas d'enveloppe ; la lettre, pliée à l'ancienne mode, fermée d'un pain à cacheter et vierge de timbre-poste, était adressée à M. Étienne, chez M. Bondidier, éditeur.

« Eh bien ! demanda-t-il de son ton le plus goguenard, qu'en dis-tu ?

— Je dis, mon cher, que le futur auteur de Jean Moreau a manqué de discernement pour la première fois de sa vie. Cette lettre est d'une jeune et jolie veuve, provinciale, riche, dévote, mais nullement sotte, qui vient à Paris tout exprès pour demander ta main.

— Ah ! parbleu ! Je voudrais savoir où tu as pris ces renseignements. Pars du pied gauche, Zadig, et prouve-moi par A plus B que je suis une bête !

— D'abord, Mme Bersac est jeune ; son écriture le dit assez.

— L'écriture des femmes, comme leurs épaules, a le privilège de rester jeune quand tout le reste a vieilli.

— Soit, mais une personne qui n'est pas sûre de sa jeunesse et de sa beauté ne se montre pas d'emblée ; elle commence par échanger cinq ou six lettres pour amadouer son juge et sauver le premier coup d'œil.

– Voilà qui est un peu mieux raisonné. Continue. Tu n'as pas besoin de prouver qu'elle est dévote et provinciale. Veuve ? sa signature me l'a dit. Riche ? elle le prétend, je veux le croire, et peu m'importe ; mais où diable vois-tu qu'elle pense au mariage et que son ambition ne s'arrête pas à mi-chemin ?

– La preuve qu'elle veut t'épouser, mon cher Étienne, c'est qu'elle ne le dit même pas. Elle indique simplement qu'elle t'aime et qu'elle veut se charger de ton bonheur, car elle est de celles qui ne comprennent pas l'amour, sinon honnête, le bonheur, sinon légitime. Chaque ligne de sa lettre respire la droiture et la sincérité.

– Pourquoi donc ces détours, ce mystère et ces défiances ? De qui se cache-t-elle ? Quel est l'homme qui l'accompagne et qui l'observe ? Il a des droits bien absolus sur elle, ce monsieur ! Devines-tu par quels motifs cette chaste provinciale, qui ne craint pas de signer son billet doux, me défend de la saluer dans la rue ? Veuve ou non, à coup sûr elle est moins libre qu'elle ne le dit.

– Si tu veux que je te réfute par des faits, je ne m'en charge pas, Bersac ne m'ayant point honoré de ses confidences ; mais si tu voulais te contenter d'une bonne hypothèse bien plausible, je te dirais : « Cette jeune femme est gardée à vue par la famille de son ancien mari. » Dans quel intérêt ? je l'ignore, mais nous pourrons le savoir en cherchant bien. Remarque qu'elle s'appelait Mme de Garennes, c'est-à-dire qu'elle appartenait à la petite noblesse de sa province ; elle a cru déroger en épousant le vieux Bersac, et la preuve c'est qu'elle signe son nom de famille à la suite de l'autre. Pourquoi dis-je le vieux Bersac ? C'est elle-même qui m'y autorise en écrivant : « Le ciel me doit ma part de bonheur, et Dieu sait que je l'ai bien gagnée. » Donc Bersac avait soixante-dix ans, et je t'en félicite. Dans quel pays as-tu vu qu'une jeune fille bien née épousât un vieillard de cet âge si elle était bien dotée ? Donc cette jeune et jolie Hortense n'avait rien. Elle te dit maintenant qu'elle est riche ; la fortune vient donc du mari. Bersac a fait une folie au grand dépit de ses héritiers, et il a constitué, comme il convient, de beaux avantages à sa femme. Comprends-tu maintenant quelle est cette famille qui lui conseille d'entrer au couvent ? Ce n'est pas la famille d'Hortense, c'est celle du défunt ; elle nous l'apprend elle-même, si nous savons lire : la famille, dit-elle, et non ma famille. Ces gens-là seraient trop heureux de se débarrasser d'elle, parce que tout ou partie de son douaire doit faire retour aux collatéraux. Je ne puis pas deviner tout, mais je vois clairement qu'on en veut à son bien, qu'on fait le guet autour de sa personne, de peur qu'elle ne s'échappe par la tangente du mariage. C'est elle qui a voulu venir à Paris ; les Bersac l'y or'accompagnée, ils l'ont logée dans un hôtel de leur choix, chez des gens dont ils croient être sûrs. Elle a dû se cacher pour écrire cette lettre et on ne lui a pas même laissé le temps de l'achever du premier coup : cette encre-là est de dix jours et celle-ci de vingt-quatre heures. L'absente du timbre-poste nous montre que le poulet, caché peut-être sous la doublure du manchon, a été furtivement jeté à la boite. La chose est-elle assez claire, ô saint Thomas ?

— Ce serait beaucoup dire ; mais je vois poindre une lueur de vraisemblance.

— Eh ! sceptique, il ne tient qu'à toi d'envisager la vérité face à face. Il est onze heures moins dix minutes et la belle Hortense s'achemine en compagnie de tous les Bersac, vers l'église de la Trinité.

— Parbleu ! dit-il, j'en aurai le cœur net. Je n'y crois pas, tu sais ; tu pourras témoigner que je n'ai pas été dupe un seul moment. Bersac ! un nom de comédie ! Nous ne rencontrerons personne au rendez-vous, à moins pourtant que je découvre une vieille pomme de reinette, dorée par quarante-cinq automnes… Mais baste ! nous rirons. Tu m'accompagnes, tu entends la messe : si cette lettre ne doit pas contribuer à mon bonheur, elle servira du moins à ton salut. Nous déjeunons ensuite au cabaret du coin, tout près d'ici, chez cet illustre empoisonneur qui vend un canard vingt-cinq francs, et qui vous dit d'un ton sublime : « Monsieur, vous ne payerez ce prix-là que chez moi ! » Sais-tu, fils, que le monde est un plaisant théâtre et qu'on y voit des pièces plus drôles qu'à l'Odéon ? Mais tu bâilles, profane I

– C'est de sommeil.

– Te voilà bien malade pour une nuit de plaisir et d'étude ! Haut le pied, jeune homme ! Sois fort : prends exemple sur ton ancien. C'est peut-être ma destinée, bonne ou mauvaise, qui roule en ce moment comme la bille du croupier. Rouge ou noire ? Le jeu est fait, et l'on n'est pas plus ému que s'il s'agissait d'un florin »

On n'était pas ému, je veux le croire, mais on était nerveux, et chaque fois qu'on passait devant certain miroir Louis XIV, on s'ajustait un peu sans y songer. Je le vois encore allongé dans son fauteuil à la Voltaire, tandis que le valet de chambre le chaussait à genoux ; je le vois arpentant à grandes enjambées le trottoir de la Chaussée d'Antin : un pied de Parisienne et un jarret de montagnard ! Et je pourrais le peindre à l'entrée de cette église de cartonnage que les démolisseurs ont balayée depuis deux ou trois ans ! Il portait un pantalon et un gilet gris de fer avec une redingote bleue qui s'ajustait spontanément et dessinait la taille sans fermer. Un soupçon de ruban rouge illuminait sa boutonnière ; le paletot était jeté sur le bras gauche et la main droite tenait le chapeau. Col rabattu, cravate longue, gants de Suède ; pas un atome de bijouterie. Rien de plus simple et de plus bourgeois que cette tenue matinale, et pourtant je vous jure que François Ier et Henri VIII au camp du Drap d'or n'avaient pas plus grand air à eux deux que lui seul.

Il se tint immobile et comme recueilli pendant quelques minutes, puis il se jeta résolument dans le petit sentier de droite et traversa l'église tout du long. Il fit alors volte-face et revint à pas lents, promenant ses regards sur la foule, en homme qui serait chargé du dénombrement des chapeaux bleus. Lorsqu'il me rejoignit, je n'eus pas à l'interroger ; son visage exprimait la mauvaise humeur et le dédain. « J'en étais sûr, dit-il. Viens déjeuner.

– Personne ?

– Absolument.

– J'en appelle ! Tu as mal cherché.

– Vois-y toi-même ! »

Je ne me fis pas prier pour recommencer preuve, et je n'eus pas de peine à trouver Mme Bersac. Elle était au milieu du premier rang de chaises, dans la toilette qu'elle nous avait annoncée, et j'ajoute que ce velours bleu lui seyait fort bien. Sa personne me parut des plus appétissantes, une jolie poularde au blanc. La figure rondelette avait la couleur et la fermeté du biscuit de Sèvres, avec ce modelé friand qui donne tant de rapin aux nymphes de Clodion. Les cheveux d'un beau blond cendré faisaient un contraste adorable avec des sourcils châtains et des yeux noirs. La main, trop strictement gantée, à la mode de province, était petite, et les dents belles. Voilà tout ce que je pus noter en un moment d'examen rapide et contrarié, comme un officier lève un plan sous le feu d'une citadelle. La jeune veuve, à qui sa meilleure ennemie n'eût pas donné plus de vingt-six ans, était assise entre deux dragons fantastiques, échappés de je lie sais quel conte de Topffer. Imaginez un petit homme de soixante-quinze ans, sec, aplati, déteint comme une fleur d'herbier, et une vieille virago effroyable de barbe et monstrueuse de graisse. Impossible de voir un tel couple sans penser à ces ménages d'araignées où la femelle dévore son mari après les noces. Au demeurant, la meilleure harmonie semblait régner entre ces phénomènes ; ils faisaient le guet tour à tour en suivant la messe sur leurs livres : dès que l'homme baissait les yeux, la femme levait la tête, et lorsqu'elle reprenait ses prières, il reprenait sa faction.

Je rejoignis Étienne en hâte et je lui rendis compte de ce que j'avais vu, sans cacher mon admiration pour la belle et touchante victime. Aux premiers mots de mon récit, le scepticisme, le dandysme, les airs glacés firent place à une émotion sincère ; il pâlit et s'appuya sur moi. Je ne pus obtenir qu'il attendit le moment indiqué pour retourner au fond de l'église ; il partit comme un trait, renversa plusieurs chaises, bourra plusieurs chrétiens, et revint tout rayonnant, son chapeau dans la main gauche et son mouchoir dans la droite. « Tu as raison, me dit-il, elle est tout simplement adorable. Nous nous aimons, je l'épouse, je t'invite ; mais sortons d'ici, j'ai besoin d'air. » Il avait l'imagination tellement échauffée que sans moi il oubliait d'endosser son paletot par un froid de cinq à six degrés. Pendant un bon quart d'heure, il piétina, sans y prendre garde, dans cette poussière noire et gluante qui est la neige de Paris. Moi-même j'oubliais de grelotter, quoique rien ne vous fige le sang comme une nuit blanche ; j'éprouvais une étrange ivresse à entendre déraisonner ce grand enfant barbu.

La sortie de la messe et la dispersion des fidèles s'opérèrent sous nos yeux. Hortense quitta l'église au bras du petit vieillard sec et flanquée de la géante ; le trio s'engagea dans la rue de Tivoli. La jeune femme ne nous vit pas, ou si elle aperçut Étienne, elle ne laissa rien paraître, mais ses deux compagnons se retournèrent plusieurs fois, à tour de rôle, l'un éclairant la route, tandis que l'autre assurait les derrières. Étienne s'enrageait à les suivre ; je le retins en lui prouvant qu'il risquait de tout compromettre, et nous primes le chemin du déjeuner.

Ah ! l'heureux homme ! De quel appétit il dévorait le temps et l'espace, sans préjudice du poulet à la marengo ! Les obstacles, les rivalités, les complots de la famille Bersac disparaissaient devant lui comme les côtelettes ; il dégustait en connaisseur le vin de Musigny et le bonheur d'être aimé. Il mangea douze ou quinze écrevisses royales en faisant tout autant de projets plus que royaux C'était double plaisir que de le voir et de l'entendre. Il montait sa maison, discutait les livrées, peuplait les écuries, galopait dans les contre-allées du bois de Boulogne sur son cheval favori, dessinait pour Hortense des costumes de fantaisie comme les princesses n'en ont pas ; il ouvrait ses salons à l'élite du talent, tandis que les grands seigneurs faisaient queue à la porte. Tout à coup, il plongeait au fin fond de la province et commençait une de ces idylles qu'on rêve à dix-huit ans, cueillant les violettes par charretées et construisant des arcs de triomphe en bluets.

Le loup se forge une félicité Qui le fait pleurer de tendresse.

Le monde l'excédait ; il voulait être tout à sa femme afin de l'avoir toute à lui. S'il la trouvait encore un peu bourgeoise (et rien de plus excusable, pauvre enfant !), il la pétrirait à nouveau de ses propres mains.

« Cela n'est pas plus difficile en somme que de créer une héroïne de toutes pièces, comme nous faisons chaque jour dans nos romans. J'ai fabriqué plus de vingt femmes, vraies et vivantes, pour les plaisirs de mon public : j'en veux parfaire une meilleure et plus charmante à mon usage. Chacun pour soi, morbleu ! N'est-il pas juste et naturel que le pauvre romancier, une fois dans sa vie, se donne le luxe d'un Romain ? »

Je lui fis observer qu'il manquait une pièce importante à son château en Espagne.

« Laquelle ?

– Le cabinet de travail.

– Mon cher ami, répondit-il d'un ton plus grave, tu sais ce que j'ai su produire au milieu du brouhaha de Paris. Le boulevard, le lansquenet, les maîtresses, les camarades, les créanciers, les coulisses, les soupers, les duels, les journaux, le papier timbré, m'ont laissé le temps d'écrire deux ou trois livres pour de vrai. Tu as vu ce matin que j'improvise encore assez gaillardement avec deux bouteilles de vin de Champagne dans la tête.

Juge par là de ce que je pourrai faire quand le repos, la sécurité, le bonheur et l'amour honnête m'auront rendu à moi-même et régénéré à fond ! Je pondrai des chefs-d'œuvre !

– Jean Moreau ?

– Jean Moreau d'abord, et cent autres après. Qu'est-ce qu'un volume in-18 ? Sept ou huit mille lignes d'impression. J'en peux dicter cinq cents en moins de deux heures, tu l'as vu ; une journée de l'homme heureux et libre représente au bas prix dix heures de travail, c'est-à-dire cinq mille gigues. À ce compte, on ferait un volume tous les deux jours, cent quatre-vingts à l'année, et l'on aurait du temps de reste. Si les gros chiffres te font peur, réduis les miens à la moitié, au quart, au dixième ! c'est encore une production de dix-huit volumes par an. M'accordes-tu trente ans le vie ? J'ai cinq cent quarante volumes sur la planche, au minimum. Si je meurs à la fleur de l'âge, dans quinze ans d'ici, je laisserai encore aux éditeurs un stock plus imposant que celui de Voltaire. On sait pourquoi les écrivains de notre époque sont tous stériles, ou à peu près : c'est qu'ils dépensent les neuf dixièmes de leur temps et de leur encre à solliciter les bonnes grâces d'une figurante, la clémence d'un tailleur et les renouvellements d'un huissier. Il se perd journellement à Paris un million de lignes au détriment de la province et de la postérité. Prends tous les hommes de talent, j'en connais bien deux cent cinquante, marie-les à des femmes comme Hortense, donne-leur à chacun deux cents louis par mois, et les siècles de Périclès, d'Auguste et de Louis XIV ne seront que de la Saint-Jean au prix du nôtre ! »

Il déraisonna sur ce ton jusqu'à deux heures après midi, puis il m'envoya me coucher sans la lettre de recommandation qu'il m'avait promise. Je ne me réveillai que le lendemain à neuf heures.

II

Cinq ou six jours après cette débauche, je m'avisai qu'il était temps de faire une visite à mon nouvel ami. Son concierge me répondit que M. Étienne n'y était pas, et je laissai ma carte. Je tentai l'aventure une seconde fois, la semaine suivante, et pour plus de sûreté je m'en fus droit chez lui sans rien demander à la porte. Le valet de chambre correct me reconnut, il ne me prit ni pour un créancier ni pour un emprunteur ; cependant il ne put ou ne voulut jamais me dire à quelle heure on trouvait son maître au logis. Tout ce que j'en obtins fut une plume et du papier sur la table de l'antichambre. J'écrivis à l'homme bien gardé, et je le priai amicalement de m'assigner un rendez-vous. La demande resta sans réponse. Un grand mois s'était écoulé depuis notre dîner chez Tattet, lorsqu'un des convives m'arrêta sur le boulevard et me dit « Qu'avez-vous fait d'Étienne ? On vous accuse de l'avoir supprimé ; personne ne l'a revu. »

Je répondis qu'il était invisible aux petits comme aux grands, et que sans doute il se faisait celer pour écrire sans distractions, car sa prose commençait à déborder dans les journaux.

Le fait est qu'il noircit alors plus de papier en trois ou quatre mois que dans l'année la plus féconde de sa vie. Il fit de tout en quantité prodigieuse, et tint plus de place à lui seul que dix auteurs de premier et de second ordre. Tout ce qu'il publia dans cette période d'élucubration fébrile ne fut pas, on le devine, à la hauteur de son nom. Pour une belle page de forme absolument pure et classique, il en laissait aller dix ou quinze au courant de la plume. Les récits, les bluettes et les fantaisies qu'il semait à la volée rayonnaient quelquefois du sourire de l'homme heureux, et montraient plus souvent la grimace du manœuvre surmené. Ses lecteurs assidus, les fidèles qui le suivaient d'une attention bienveillante jusque dans ses écarts excusaient ce dérèglement par la nécessité de vivre ; mais ils sentaient qu'à ce métier le plus grand écrivain du monde doit forcément se gâter la main.

Vers le milieu de mars, je le rencontrai, ou du moins je l'aperçus au Théâtre-Italien. Il se tenait debout à l'entrée de l'orchestre et lorgnait obstinément une loge de face que je n'avais point remarquée. Mon attention s'éveilla, je me mis à chercher le but qu'il visait sans relâche, et je reconnus Mine Bersac en grande toilette, toute rayonnante de diamants. Le gros phénomène rustique était assis à côté d'elle, et le petit monsieur desséché se démenait au second plan. Hortense ne me parut nullement déplacée dans le beau monde de Paris ; je fus presque étonné de voir que sa personne et sa toilette soutenaient les comparaisons les plus écrasantes. Une provinciale à moitié belle et à peu près élégante qui risquerait cette épreuve devant l'homme qu'elle aime serait perdue sans rémission. Étienne semblait fort épris et tout fier d'assister au triomphe de ses amours. Quelques signaux furtifs échangés à distance me prouvèrent qu'on était d'accord, mais que l'on persistait à se cacher des deux grotesques. Un intérêt plus vif que la simple curiosité me portait à demander la suite d'un roman commencé sous mes yeux. J'attirai le regard d'Étienne, il me fit un geste amical suivi d'une pantomime rapide qui indiquait le bien aller, comme on dit en langue de chasse, puis il rentra dans le couloir, et j'eus beau le chercher après le spectacle : les Bersac avaient disparu comme lui.

Les semaines s'écoulèrent, le printemps égaya Paris, on rencontra des voitures de fleurs au détour de toutes les rues ; mais personne n'aperçut Étienne. Il était comme rivé à son bureau, et ne donnait signe de vie que par trois romans-feuilletons qu'il délayait au jour le jour. J'en conclus qu'il avait à cœur de mettre tous ses comptes en règle avant d'épouser Mme Bersac. Les romans qu'il expédiait sous jambe étaient sans doute promis par traités et peut- être payés d'avance. Vers la fin de ruai, les afficher, les annonces et les réclames firent savoir à tous les amateurs que la célèbre collection de M. É..., consistant en tableaux, dessins, gravures, bronzes, marbres, majoliques, armes, tapisseries et meubles anciens, allait être exposée pendant deux jours à l'hôtel des ventes. Quelques naïfs s'attendrirent sur le sort du célèbre écrivain qui avait fait des prodiges de travail sans parvenir à racheter la folie de sa jeunesse, et qui se dépouillait de ses biens les plus chers pour satisfaire d'avides créanciers. Quant à moi, je crus deviner que le mariage était proche, et qu'Étienne, en honnête garçon, se faisait un point d'honneur de payer ses dettes lui-même.

Sa vente attira non-seulement les collectionneurs et les marchands, mais les artistes et les écrivains de tout étage. Étienne seul n'y parut point. Plusieurs personnes remarquèrent à la droite du commissaire-priseur un tout petit vieillard en habit râpé et en cravate blanche. Dans ce gnome mystérieux, qui poussait vivement les enchères et les abandonnait toujours à point, je reconnus l'homme de la Trinité et du Théâtre-Italien, le garde du corps de Mme Bersac. Sa présence et son zèle me prouvèrent deux choses : Hortense s'était déclarée en faveur d'Étienne, et la famille du premier mari, au lieu de rompre en visière à la veuve, prenait en main les intérêts de l'intrus.

Cette dernière révélation ruinait tout simplement mon hypothèse. Si le petit monsieur épousait la cause d'Étienne, les passions, les calculs, le rôle ingrat que je lui avais prêté, toutes les pièces de mon argumentation tombaient à terre. Je me trouvais en présence d'un innocent vieillard, dévoué à Mme Bersac, de son père peut-être ! de son père, que j'avais horriblement jugé sur la foi d'une lettre mal lue et mal comprise ! Ma conscience n'était pas des plus rassurées, et pour comble d'ennui je pensais que le bon Étienne ne pouvait oublier ces propos désobligeants. Il n'était pas de ceux qui aiment à demi ; me pardonnerait-il d'avoir calomnié par passe-temps, dans un stupide jeu d'esprit, une famille qui devenait la sienne ?

A travers les scrupules qui m'obsédaient, les circonstances les plus insignifiantes prirent bientôt une couleur sinistre. Je me persuadai que, si je n'avais pu forcer la porte du grand écrivain, c'est qu'il m'avait personnellement exclu de sa présence ; s'il s'était échappé du Théâtre-Italien avant la fin du spectacle, c'était pour me fuir. La lettre qu'il m'avait promise, je l'attendais toujours ! Tant de froideur après une sympathie si brusquement déclarée !

Plus de doute, mon commentaire ingénieux sur le texte de Mme Bersac me coûtait un ami.

J'en étais là de mes réflexions, quinze ou vingt jours après la vente, quand je reçus par la poste un paquet volumineux. C'était une enveloppe contenant sept lettres d'Étienne, dont une seule à mon adresse, la voici :

« Mon cher ami, je te devais un mot de recommandation, j'ai tardé, je m'exécute et je t'en expédie une demi-douzaine ; tu n'auras rien perdu pour attendre. Hâte-toi de frapper aux bonnes portes ; jamais l'occasion ne fut meilleure, ma retraite fait de la place.

« Oui, les jeunes qui m'accusaient de barrer toutes les avenues vont pouvoir circuler, si tant est qu'ils aient des jambes. J'ai suspendu la plume au croc, le public n'entendra plus parler de moi ; c'est chose dite et jurée ; tu peux en faire part aux amis et aux ennemis.

« Depuis notre dernière et notre première rencontre, j'ai été le plus heureux des hommes et le plus accablé des forçats, j'ai achevé une existence de labeur, commencé une vie d'amour, épuisé plus de soucis et plus de joie qu'il n'en faudrait pour tuer un hercule. Au demeurant, je me porte bien.

« Hortense est la plus belle, la meilleure, la plus angélique des femmes. Béni sois-tu, toi qui l'as devinée du premier coup d'œil ! Nous nous aimons comme on ne s'est jamais aimé sur terre ; si je savais un homme plus follement épris que moi, j'irais lui chercher querelle à l'instant. Après mille traverses dont le récit serait trop long, tout s'est accommodé pour le mieux ; je l'épouse mardi prochain, à… ; c'est sa ville natale. Je ne t'invite pas, ni toi, ni personne ; elle veut que je rompe avec Paris ; il lui faut un Étienne tout neuf, elle l'aura.

« Nous sommes ridiculement riches, j'en ai rougi jusqu'aux oreilles à la lecture du contrat. Ma femme a cent vingt mille francs de rente en usufruit et vingt mille en toute propriété. Tout cela vient du vieux Bersac, de Bersac aîné, comme on l'appelle dans la famille. Cet excellent ami, qui a trépassé en ma faveur, faisait un grand commerce de vins et d'eaux-de-vie ; son souvenir est populaire dans les départements du Sud-Ouest. Mon apport, à moi, se réduit à la propriété de mes livres. Bondidier, qui les exploite, a pris la louable habitude de me donner quatre ou cinq mille écus, bon an, mal an. Ce revenu ne doit plus rien à personne ; ma vente a tout soldé, jusqu'à la corbeille, qui est digne d'Hortense et de moi. Nous avons donc cent cinquante et quelques mille francs de revenu, plus un hôtel en ville et le château de Bellombre, qu'on dit splendide et royalement meublé. Garde ces détails pour toi, ou n'en imprime que ce qui te paraîtra essentiel, au cas où le public témoignerait une curiosité trop vive.

« Je ne t'ai pas encore dit le plus beau de l'affaire : nous tenons un intendant admirable, unique, habile, honnête, parfait, il ne nous coûte rien. Quelle aubaine pour Hortense et pour moi, qui sommes de vrais Hurons en arithmétique ! L'homme providentiel, tu l'as aperçu, mais tu ne l'as point deviné : C'est Bersac jeune, notaire honoraire et malin comme un vieux diable, mais bon diable s'il en fut.. Sa fortune est des plus modestes ; tandis que le grand frère pêchait les millions en vin clairet, Célestin (c'est son nom) courtisait les muses rebelles, imprimait un poème sur Clovis, faisait siffler une tragédie gallo-franque sur un théâtre d'arrondissement, débutait dans les Agamemnons sous une grêle de pommes, essayait un journal légitimiste intitulé le Doigt de Dieu, échouait sur les rives inhospitalières du notariat, petit clerc à trente ans, épousait une paysanne,... tu l'as vue ! et ce sacrifice au-dessus de mes forces et des tiennes était payé dix mille écus tout secs. Il achète une mauvaise étude de canton, prend la clientèle d'assaut, triple la valeur de sa charge et s'enlève à la force du poignet. jusqu'au chef-lieu du département. Là ses mérites en tout genre et sa probité bien connue lui ont concilié l'estime universelle ; on l'aime, on le respecte, il commande à l'opinion. C'est Hortense qui m'a donné ces détails : sa tendresse pour lui n'est pas aveugle, il nous a rudement taquinés durant trois mois ; mais elle rend justice à ses vertus, et jure qu'on ne saurait lui rompre en visière sans ameuter tout le pays.

« Soyons justes ; voilà un homme qui a lutté toute sa vie pour gagner dix mille francs de rente, c'est tout son bien. Il comptait à bon droit sur l'héritage de son frère ; il voit Bersac aîné prendre une jeune femme et lui laisser tous ses revenus après deux ans de mariage. Il y avait un seul moyen de réparer cette injustice : le fils de Célestin est un garçon de mon âge, il commande un bataillon de chasseurs à pied ; mais Hortense se cabre dès les premières ouvertures, elle répond qu'un Bersac lui suffit, qu'un autre serait de trop dans sa'vie : la chère enfant avait déjà rame occupée de ton ami. Célestin, qui n'est pas un sot, devine que sa belle-sœur lui échappera plus tôt que plus tard, et pourtant il ne lui tient pas rigueur ; loin de là, il prend en main les intérêts de la pauvrette, soigne ses baux, améliore ses terres, touche ses rentes, place ses économies connais-tu deux bourgeois assez nobles pour en, faire autant'? Il la suit à Paris et l'observe d'assez près, parce qu'il la sait jeune et confiante ; mais du jour où elle a jeté son dévolu sur un honnête homme de quelque valeur, il l'approuve sans réserve, me tend la main sans rancune, et consacre tout son temps à l'arrangement de mes affaires. Ils m'ont comme adopté, ces Bersac. Croirais-tu que la bonne vieille m'appelle son beau-frère'? Des sentiments de Page d'or !

« Tu me connais un peu, quoique nous n'ayons guère mangé plus d'un gramme de sel ensemble, et tu devines que ces braves gens n'ont pas affaire à un ingrat. Le bonheur ne m'a pas faussé le sens moral, je sens que cette fortune gagnée par le travail d'autrui n'est pas mienne. Il ne tiendrait qu'à moi de manger tout l'héritage ; Bersac me l'a prouvé pièces en main : les trois quarts du capital sont en titres au porteur, et la veuve est formellement dispensée de caution et d'inventaire. Cette confiance nous n'en userons même pas, et je veux transformer en titres nominatifs au profit de ces pauvres diables les valeurs dont Hortense a l'usufruit. Quant à la petite fortune qu'elle possède en toute propriété, nous la gardons pour nos enfants, si tant est qu'il nous en vienne. Ils auront vingt mille francs de rente de leur mère, douze ou quinze mille de mes livres et de mon théâtre, et tout ce que nous aurons épargné pour eux, car je suis homme à liarder par devoir ; mais, si nous mourons sans postérité, j'entends que tout ce qui vient des Bersac retourne aux Bersac ; c'est justice : ni ma femme ni moi nous n'avons de proches parents.

« C'est en ce sens, mon bon, que j'ai fait dresser le contrat par un notaire sûr, qui connaît un peu la famille, mais qui m'a promis le secret. Le pauvre Célestin n'a pas voulu tremper le bout du doigt dans nos conventions, tant sa délicatesse est grande ! Juge de sa surprise et de sa reconnaissance lorsqu'il se verra si largement avantagé par un homme dont la conduite et la profession lui faisaient une peur d'enfer !

« Tu n'imagines pas les préjugés saugrenus qui ont cours en province ! Le plus intelligent et le meilleur de ces bourgeois exotiques fait peu de différence entre un Peau-Rouge et un écrivain de Paris. Bersac jeune a laissé voir une stupéfaction naïve en apprenant que je ne buvais pas d'absinthe et que je ne fumais pas nuit et jour. Il me demande sérieusement si les auteurs et les acteurs de la Comédie-Française ne vivent plus pêle-mêle dans le même grenier ? L'autre soir il est venu me trouver en grand mystère, et après un long préambule sur ses sentiments monarchiques et religieux il m'a confessé que sa femme, et ma future, et lui-même, et tous ses amis seraient péniblement affectés, si j'écrivais dans l'Impartial. Il paraît que l'Impartial de mon futur département est une feuille diabolique. J'ai bien ri ; me vois-tu collaborateur de l'Impartial du cru ?

« – Eh ! cher monsieur, lui ai-je dit, j'ai de tous les journaux par-dessus les oreilles, et vous me rendriez un signalé service, si vous me fournissiez le moyen de n'en lire aucun.

« Il m'embrassa sur les deux joues et reprit d'un ton résigné : « Je sais que vos idées et vos croyances sont malheureusement différentes des nôtres ; la royauté que nous rappelons de nos vœux n'a pas vos sympathies ; vos ouvrages, que j'ai tous lus pour apprendre à vous connaître, trahissent en plus d'un endroit la hardiesse du libre penseur.

« – Eh bien ?

« – Eh bien ! ayez pitié de nous, c'est Hortense qui vous en prie. Souvenez-vous de temps en temps que nos illusions nous sont chères, et qu'il serait cruel de les heurter de front.

« – Mais c'est le premier élément des bienséances ! M'avez-vous jamais vu, dans la conversation… ?

« – A Dieu ne plaise ! Vous êtes le mieux appris de tous les hommes ! Je pense seulement aux livres que vous écrirez, mon digne ami, à ces beaux livres, à tous ces livres dont nous serons un peu responsables là-bas, car la famille est solidaire en province, et ces brillants ouvrages que sans doute vous allez

« – Quels ouvrages ? quels livres ? A qui en avez– vous ? N'ai-je donc pas assez produit ? Pensez-vous que je me marie pour continuer ce labeur abrutissant ? Personne ne saura les efforts que j'ai faits, depuis trois mois et plus, pour tirer une dernière mouture de mon sac. Je suis courbatu, épuisé, écœuré. Le peu que j'avais à dire, je l'ai rabâché dix fois pour une : le public se noie dans ma prose. Je lui donne ma démission ; qu'il cherche ses plaisirs ailleurs, qu'il appelle des rieurs moins las et des amuseurs moins ennuyés !

« – Quoi ! vous n'écrirez plus ?

« – Non.

« – Sérieusement, vous ne voulez plus rien mettre sous presse ?

« – Excepté les lettres de part que nous expédierons dans huit jours.

« – Votre parole d'honneur ?

« – Mon cher monsieur, la parole d'un honnête homme est toujours parole d'honneur.

« – J'en prends acte, mon digne ami !

« Que ne puis-je te dessiner les mille grimaces de contentement qui ridaient sa petite figure ? J'ai fait un heureux marché, car, entre nous, je n'attendais qu'une occasion pour donner la littérature au diable. Quand je retourne la tête vers mon passé, je ne vois que sottises en action, en parole et en écriture. Et dire que je me suis cru poussé vers cette ornière par une espèce de vocation ! Mon cher, il n'y a qu'un chemin dans la vie qui ne soit pas un casse– cou, c'est celui où je compte me promener trente ans de suite dans une calèche à huit ressorts avec Hortense. Aimer, être aimé, vivre en joie, lorgner philosophiquement les vices et les ridicules d'autrui, voilà le seul lot enviable. Tu n'en crois rien ? attends. Tu es jeune, l'ergot te démange, tu hérisses la crête en aiguisant ton bec : va, mon bonhomme, jette ton feu ; mais si l'occasion se rencontre à mi-route, fais comme moi, suis l'exemple de celui qui, pouvant devenir un fameux coq de combat, a choisi d'être un coq en pâte.

« Etienne. »

Cette lettre aurait dû me réjouir à plus d'un titre : elle m'ouvrait les portes les mieux closes, elle me rassurait sur les sentiments d'un ami, elle rendait justice à mon diagnostic, elle m'instituait en quelque sorte le légataire spirituel d'un vivant, puisque seul à Paris je pouvais annoncer et commenter la retraite d'Étienne. Cependant j'en fus atterré.

Peu m'importait do le savoir circonvenu et même dépouillé par ce vieux malin de Bersac : les affaires ne sont que les affaires, c'est-à-dire un détail de troisième ordre dans la vie des êtres pensants ; mais qu'un homme d'avenir eût abdiqué son art, soit volontairement par dégoût, toit par faiblesse pour lever les scrupules d'une famille inepte, voilà ce qui me crevait le cœur. Si personne ne lui avait fait une condition de ce renoncement, il était véritablement à plaindre. C'était sans doute la fatigue des derniers mois qui le portait à se croire épuisé ; mais que penser de lui, s'il avait sacrifié l'art aux exigences des Bersac, échangé tous ses droits à la gloire des lentilles de Bellombre ? L'amour même n'excusait qu'à demi la honte d'un tel marché ; je me demandai sérieusement si Étienne déserteur des lettres et traître à son propre talent, méritait encore l'estime.

Le temps et la réflexion me rassurèrent un peu. Comment la veuve s'est-elle éprise du brillant écrivain ? A force de le lire. Puisqu'elle aime ce beau talent, elle ne peut pas sans une contradiction monstrueuse en exiger le sacrifice. Le petit Célestin lui-même, tout marguiller qu'il est, ne doit pas souhaiter qu'un homme comme Étienne se coiffe de l'éteignoir. L'ex-notaire, l'ex-journaliste, l'ex-poétereau, l'ex-Bagotin, a conservé au fond du cœur un certain respect pour les lettres. Et quand même la femme, la famille et la province uniraient tous leurs efforts pour étouffer un esprit supérieur, quand il se prêterait docilement à ce meurtre, est-il maître de rester stérile et de no point produire les chefs- d'œuvre qui sont en lui ? Non, les fruits du génie, comme les fruits du corps humain, éclosent malgré tout lorsqu'ils sont arrivés à terme : livres, enfants, naissent au jour marqué par la nature ; ni l'auteur ni la mère ne sauraient retarder d'une minute cette heureuse fatalité. Les grands hommes blasés qui nous disent : « J'ai le cerveau plein de chefs-d'œuvre, et je tiens la porte fermée, pourraient laisser la porte ouverte impunément.

Je fis publier les détails qu'Étienne m'avait confiés à cet usage, mais je me gardai de répandre le bruit de son abdication. Tout Paris admira le bon goût et l'esprit de cette provinciale qui se donnait le luxe d'enrichir un homme supérieur. Les journaux prophétisèrent que le grand producteur, libre enfin de tout souci, allait se concentrer dans quelques œuvres capitales ; mais la rédaction des lettres de part étonna les confrères et les : mis du marié. En voici la teneur exacte :

« M. Étienne a l'honneur de vous faire part de son mariage avec Mme Hortense de Garennes, veuve de M. Bersac aîné

« M. et Mme Bersac jeune ont l'honneur de vous faire part du mariage de Mme Hortense de Garennes, veuve de M. Bersac aîné, ancien juge au tribunal de commerce, ancien membre du conseil d'arrondissement, leur belle-sœur, avec M. Étienne, propriétaire et rentier en cette ville. »

III

Étienne débarqua le lundi matin vers cinq heures dans la grande petite ville où il pensait finir ses jours. Le mariage civil et religieux était fixé au lendemain ; Hortense arrivait le soir même par le train-poste sous l'escorte des deux Bersac. Ces pontifes avaient décidé qu'un futur ne peut voyager avec sa fiancée, et l'écrivain prit les devants en vertu de ce principe, qu'un galant homme doit toujours être le premier sur le terrain.

L'omnibus du chemin de fer le conduisit avec ses bagages à l'hôtel des Ambassadeurs. En moins de dix minutes, l'illustre Parisien fut installé dans un bel appartement au premier étage, sur la grand'rue, et couché dans un lit moelleux, élastique, parfumé d'une honnête et franche odeur de lessive provinciale. Deux heures de repos par-dessus le solide à– compte qu'il avait pris dans son coupé lui rafraîchirent le corps et l'esprit ; il rêva qu'il était papillon dans une prairie, qu'il cueillait les fleurs les plus belles et que son bouquet printanier, noué d'une faveur bleue, ressemblait à Mlle Jouassin, de la Comédie-Française. La joie ou la surprise l'éveilla ; il vit une chambre inconnue, un rayon de soleil où dansaient des millions d'atomes, et trois ou quatre malles entassées dans un coin. Peu à peu ses idées se fixèrent ; il se rappela qu'il était un voyageur détaché de tout ce qu'il avait connu, pratiqué, aimé, et en route pour une vie nouvelle. « Tout ce que je possède est ici, je ne laisse rien derrière moi, pas même un créancier. » A cette sensation de liberté absolue succéda la pensée d'Hortense et de l'engagement irrévocable qu'il allait prendre : a Dans vingt et quelques heures ; je ne m'appartiendrai plus.. Il ne s'effraya point de cette perspective ; l'abandon de lui-même entrefilet une réciprocité qui lui parut consolante. Posséder une jeune et jolie femme qu'on adore, n'est-ce pas le bonheur dans son plein, la fin dernière do tous les romans ? Mais jouir par surcroît du bien-être, de l'abondance, du luxe, de l'éclat, de la considération, du loisir, voilà une réalité qui corse agréablement l'idéal ; la poésie se double et s'étoffe de bonne prose bien solide.

Étienne s'élança hors du lit sur un air d'opéra bouffe.

Ne rien faire, Qu'aimer et plaire !

A son premier coup de sonnette, il vit accourir un garçon qui l'admirait sans doute par ouï-dire, mais dont les yeux en boule et l'empressement effaré ne laissèrent pas que de flatter son amour-propre. Chaque mot, chaque geste de cet indigène, et même ses maladresses les plus lourdes, semblaient dire : « Ah ! monsieur ! quel honneur pour nous ! »

Il n'est si grand seigneur qui ne flaire de bon appétit l'encens des patauds. Étienne ne s'offensa point de la curiosité qui s'éveillait partout sur son passage. Tout en flânant par les rues, à la mode de Paris, il ruminait ce vers d'Horace : c Il est doux de se voir montré au doigt et d'entendre dire : « C'est lui ! » Sa gloire l'avait précédé ; on l'attendait, on le guettait, le libraire de la rue Impériale s'était comme pavoisé en étalant Silva, Marius et Marie, le Prisonnier, le Fiel de Colombe, Hippolyte II, les Soirées de Scutari, Ivan, Jacqueline, les bons livres d'Étienne et ses drames applaudis. Son portrait était au premier plan chez les papetiers de tous étages, quelques passants le saluèrent ; un mendiant lui dit : « Monsieur Étienne ! » et gagna de ce coup une pièce de cinq francs. Il semblait que cette préfecture de trente-cinq mille âmes attendit un messie, et que ce messie fût lui.

Au sortir de l'auberge, il avait refusé de prendre un guide : coquetterie de touriste ! C'est ainsi qu'il s'était jeté à corps perdu dans les villes les plus inextricables de l'Europe, Rome, Séville, Prague et Constantinople. Il ne lui fallut pas un quart d'heure pour trouver la rue des Murs, ce petit faubourg Saint-Germain oh Hortense avait son hôtel, et Célestin son ermitage. L'hôtel Bersac était un des plus beaux de la ville, bâti dans les derniers temps du Roi Bien-Aimé par l'intendant de la province. Un nombreux domestique lessivait les fenêtres, époussetait les meubles, accrochait les rideaux. Sous le portail, un cocher d'aspect vénérable achevait la toilette d'un landau presque neuf, tandis que deux chevaux du Mecklembourg, graves et solennels comme des conseillers auliques, revenaient de leur promenade du matin. En bonne conscience, Étienne s'avoua qu'il ne pouvait guère rêver mieux. Même à Paris, vers la rue de Varennes, il eût fallu marcher longtemps pour compter vingt hôtels de plus grand air et de plus digne apparence. La façade était large et les étages élevés. Point de jardin pourtant, mais une vaste cour plantée de robiniers séculaires. Pour peu que le château de Bellombre se rapportât à la maison de ville, le plus exigeant des poètes avait deux logis à souhait pour ses hivers et ses étés.

Il put rêver et circuler à l'aise autour de ce petit palais qui appartenait en propre à sa femme, et dont un bon contrat lui assurait l'usufruit. Nul importun ne vint traverser sa méditation ; le faubourg Saint-Germain est discret, même en province. « Décidément, pensait-il, j'aborde au port de la véritable vie après.un long voyage sur des océans de papier peint. s Lorsqu'il se transportait en imagination au milieu de ce grand Paris qu'il avait quitté la veille, il n'y voyait qu'un tohu-bohu de choses ruineuses et méprisables, un troupeau de viveurs cosmopolites tondu par une horde de nomades affamés, un combat de vanités stupides, d'avidités sans pudeur, d'ambitions sans principes ; point de repos, point de bonheur, point d'amour et presque plus d'esprit ; la conversation éteinte faute de loisir, les salons désertés pour l'écurie, le tripot et le fumoir ; les femmes presque aussi affairées que les hommes, les mondes mélangés et confondus, les duchesses et les drôlesses parlant le même argot et affublées des mêmes chiffons, les bourgeois eux-mêmes corrompus par la rage de paraître, l'universalité des gens entraînée à manger son capital avec ses revenus ; les épargnes du passé et les réserves de l'avenir fondues, volatilisées, anéanties dans ce creuset surchauffé où l'on jette bon an mal an dix milliards, la grande moitié du revenu national. C'est la province qui produit et Paris qui consomme ; on ne travaille, on ne pense, on ne cause, on n'aime, on ne vit qu'à cent lieues de ce foyer destructeur. Heureux les peuples qui n'ont pas de capitale ! Quand reviendra le temps où les villes de dix mille âmes se suffisaient le plus agréablement du monde, où une société polie, lettrée, galante et gaie vivait sur elle-même dans chaque petit coin, et n'attendait ni ses idées, ni ses passions, ni ses ridicules par le courrier de Paris ?

L'heure du déjeuner interrompit le monologue ; Étienne retourna d'un pas léger vers son gîte d'un jour. Chemin faisant, il découvrit dans une rue écartée une petite plaque de cuivre où l'on pouvait lire ces simples mots : MOINE PÈRE ET FILS, successeurs de Bersac aîné. La maison, de belle apparence, avait l'air discret d'un bureau et ne sentait nullement la boutique. Ce détail lui fut agréable ; il vit avec un —plaisir enfantin que son précurseur n'était pas un marchand de la dernière catégorie, mais une sorte de commissionnaire au niveau des agents de change et des banquiers de la ville.

On lui servit un excellent repas à table d'hôte ; l'aubergiste lui prodigua mille attentions personnelles, et lui versa d'un vin que l'empereur avait apprécié, disait-on, dans son voyage de 1853. La curiosité respectueuse de vingt-cinq ou trente convives n'incommoda nullement M. Étienne ; je crois même qu'il en fut un peu flatté. Comme il achevait son dessert, on vint lui dire que le préfet, M. de Giboyeux, l'attendait au premier étage. Il remonta chez lui, et trouva dans son petit salon un homme de cinquante ans, fort aimable, qui avait traversé le journalisme après 1830, et qui s'autorisait du nom d'homme de lettres pour présenter ses hommages au nouvel astre du département.

Tout administrateur qui conne son métier, fait l'éloge du pays qu'il habite et dit le plus grand bien de la population, quoiqu'il soit toujours en instance pour obtenir son changement. Le préfet ne manqua point à ce devoir, il célébra la générosité du conseil général qui lui avait fait bâtir un palais de deux millions et demi, où son ménage de garçon dansait comme une noisette dans un tambour. On peut croire qu'il n'oublia point de vanter Mme Bersac et toute la famille, y compris le vieil ultramontain Célestin, que l'administration aimait peu, mais qu'elle vénérait pour ses vertus et pour son influence. Le comte de Giboyeux, que le tracas des élections prochaines empêchait parfois de dormir, fit mille avances au bon Étienne. Il insinua doucement que le député sud-est de la ville était vieux, incapable et médiocrement populaire. Les électeurs l'avaient nommé sous le bâton ; encore n'avait-il obtenu que HO voix de majorité. Si un homme riche, célèbre, appuyé par le camp des Bersac, voulait s'entendre avec la préfecture, sa nomination ne faisait pas l'ombre d'un doute. « Mais, dit Étienne, je me soucie fort peu de la politique, et je n'en sais pas le premier mot. – Justement ! c'est dans l'élite des indifférents et des sceptiques qu'on recrute les bonnes majorités. »

Resté seul, il nota ses impressions et commença le mémorandum détaillé de sa nouvelle existence. je possède —ce cahier, fort décousu par malheur, et plein de lacunes énormes. Sur les deux heures, il s'aperçut que le soleil s'était voilé, et que la pluie, une vraie pluie atlantique comme on n'en voit que dans nos départements de l'Ouest, lavait les toits et les pavés à grande eau. Impossible de mettre un pied dehors, et les Bersac n'arrivaient qu'à six heures. Comme il était parti le soir, il n'avait pris aucune provision de lecture, si ce n'est l'itinéraire des chemins de fer. Il sonna pour avoir des journaux ; un garçon de l'hôtel en apporta cinq ou six qui lui parurent vieux d'un an, quoiqu'ils fussent de l'avant– veille. L'ennui le prit ; ces natures pétulantes supportent malaisément trois ou quatre heures d'inaction. Il se mit à marcher de la porte à la fenêtre et de la fenêtre à la porte, comme un factionnaire ou un prisonnier. La pendule marchait aussi, mais lentement ; il s'avisa que les minutes de province pourraient bien être un peu plus longues que celles de Paris. A coup sur, la pluie de Paris était moins monotone, moins obstinée, moins insolente que ce déluge départemental. « J'ai vu tomber l'eau quelquefois, mais sans y prendre garde : on causait, on riait, les amis entraient et sortaient ; au pis aller, j'ouvrais un livre ou je regardais un tableau. Si la mélancolie avait été trop forte, je me serais fait conduire au cercle ou chez Anna. Le soir, à l'heure des spectacles, il peut pleuvoir à cuveaux sans que personne en sache rien, sauf les cochers et les sergents de ville. »

A force d'écarter les rideaux, il découvrit son pendant de l'autre côté de la rue. C'était un homme de soixante à soixante-cinq ans, peut-être un ancien colonel, qui logeait en face de l'hôtel, au premier étage : haute taille, forte corpulence, cheveux blancs taillés en brosse, moustache hérissée, pas d'autre vêtement qu'un pantalon soutenu par des bretelles de tapisserie et un col noir bouclé sur la nuque. L'appartement semblait vaste et riche, mais le pauvre guerrier en retraite jouissait visiblement peu de ses confortables loisirs. Il circulait à grandes enjambées dans une demi-douzaine de chambres, s'arrêtait méthodiquement à la même fenêtre, appuyait la main droite au même carreau, jouait un air très– court, le boute-selle ou la Casquette, bâillait copieusement et esquissait une pirouette sur le talon droit. Tous les quarts d'heure, il prenait une grosse pipe, l'allumait avec du papier, se jetait dans un fauteuil, aspirait cinq ou six bouffées, entr'ouvrait la fenêtre et secouait la cendre sur le trottoir.

Ce manége finit par exaspérer Étienne « Quoi ! pensait-il, voilà un homme qui a été jeune, fringant, ambitieux tout comme un autre ; il a rêvé gloire et victoire, on trouverait peut-être à son dossier une action héroïque, enterrée dans les cartons du ministère ; il n'a pas l'air d'un sot, il parait avoir de quoi vivre, et il végétera jusqu'à son dernier jour dans cet étroit ennui de la province comme un chêne dans un pot de fleur ! Et ! va-t'en donc à Paris, grosse bête ! »

Or, comme il ne manquait pas de logique, il opéra au même instant un retour sur lui-même. « Et moi ! que viens-je chercher ici ? Ce que je gagne à quitter Paris vaut-il ce que j'y laisse ? Qu'adviendra-t-il du pauvre Étienne dans dix ans, et peut-être plus tôt ? Combien faut-il de jours de pluie pour réduire un esprit valide à ce néant moral que le bâilleur d'en face exprime à la façon des huîtres ? Si je me sauvais ? Il en est temps encore ; rien de conclu, liberté réciproque. Quel tapage à Paris ! Le soir même où tous les journaux… ! Les gens qui me rencontreraient sur le boulevard se frotteraient les yeux. Pour bien faire, il faudrait se cacher jusqu'à neuf ou dix heures et apparaître en plein foyer de la Comédie-

Française. Vous ! Lui ! Toi ! Tableau. Quelle aventure ! Oui, mes enfants, je suis des vôtres pour la vie, et je lirai cinq actes le mois prochain !

Son esprit se complut tellement au détail de cette hypothèse, qu'il oublia le colonel, la pendule, la pluie et tout. Lorsque l'hôte lui cria : « Monsieur, le train arrive en gare dans vingt minutes ! » il s'aperçut qu'il avait dormi en plein jour. C'était bien la première fois depuis trente ans et plus. Il secoua ses dernières illusions de célibataire et courut au-devant d'Hortense. La famille Bersac s'était recrue, chemin faisant, du cousin George, commandant aux chasseurs à pied. Étienne ouvrait la bouche pour remontrer aux vieux Bersac qu'une veuve ferait mieux de voyager avec son futur qu'avec un prétendant évincé ; mais il fut désarmé par l'accueil amoureux d'Hortense et par l'air honnête du cousin, qui se mariait lui-même dans un mois, après l'inspection générale.

On se fit conduire en droiture au logis de M. Célestin, où l'on dîna parfaitement, entre soi, sans cérémonie. Quelques notables de la ville, la fine fleur des bien pensants, dix personnes au plus, hommes et femmes, arrivèrent à neuf heures pour prendre le thé. L'élément féminin laissait à dire, mais les hommes de ce parti n'étaient pas aussi grotesques qu'Étienne l'avait supposé. Ils le choyèrent à qui mieux mieux, et lui firent entendre qu'on serait tout à lui s'il se livrait tout entier, s'il se rangeait aux bons principes, et s'il rompait loyalement avec cette littérature légère qui ne respecte ni le trône ni l'autel. « Messieurs, dit Bersac jeune, j'ai sa parole : l'honneur, je réponds de lui comme de moi-même. »

Étienne eût donné de bon cœur les compliments de ce sénat pour trois minutes de tête à tête avec sa femme, mais la surveillance obstinée des Bersac suivit les amants jusqu'au bout. On profita d'une embellie pour reconduire processionnellement la jeune veuve à son logis, et plusieurs gardes du corps en jupons l'escortèrent jusque dans sa chambre, tandis que le chœur des vieillards ramenait Étienne à l'hôtel. Dirai-je qu'il s'éveilla cent fois pour une et qu'il accusa le soleil de s'oublier derrière l'horizon ?

Le jour parut enfin, et les voitures de gala roulèrent par la ville, et le maire ceignit son écharpe en répétant les quatre mots d'allocution qu'il comptait improviser, et les quatre témoins choisis par Célestin Bersac soignèrent leur nœud de cravate, tandis qu'Étienne s'habillait en trépignant, et que six cameéristes volontaires, recrutées parmi le meilleur monde, piquaient un cent d'épingles dans Hortense.

L'acte du mariage civil, si grand dans sa simplicité, émut profondément les hommes et fit sourire les femmes qui réservaient leur émotion pour l'église. On —partit pour la cathédrale au bruit des cloches sonnant à toute volée ; on descendit au milieu de l'inévitable racaille ; Étienne saisit au vol les commentaires des vagabonds et des mendiants : « Belle femme, eh ! Baptiste ? j'en voudrais bien pour moi.

– C'est-il ce grand-là qui l'épouse ? Elle en a pris pour son argent.

– Tous les auteurs de Paris sont de la noce.

– Faites-moi voir Alexandre Dumas.

– Ça doit être ce petit blond.

– La charité, mon beau monsieur, je prierai Dieu qu'il vous donne la demi-douzaine »

Après la messe et pendant le brouhaha de la sacristie, Bersac jeune embrassa Étienne avec effusion. « Ah I mon ami, lui dit-il, vous avez abjuré vos erreurs en pliant le genou devant nos saints autels.

– Cher monsieur, répondit Étienne, je me suis déchaussé autrefois pour entrer à Sainte-Sophie, il le fallait ! mais cela ne m'a pas rendu musulman.

Le cortège nuptial partit directement pour Bellombre, où les gens de

Mme Étienne avaient dressé un grand couvert. Les seigneurs du château furent reçus à l'entrée du village par le curé de Saint-Maurice, le maire et les trente-deux pompiers, musique en tête. L'autorité ne fut pas trop gauche, et la fanfare des pompiers réserva ses plus fausses notes pour le bal du soir. Le curé, bonhomme tout rond, mais fin matois s'il en fut, pria M. Étienne d'excuser le délabrement d'une pauvre église décapitée par le vandalisme révolutionnaire ; il insinua que tôt ou tard la haute munificence de quelque châtelain relèverait le clocher de la paroisse. En attendant, l'homme de Dieu se laissa conduire au château avec le maire, et prit sa bonne part du dîner.

Tout se passa le mieux du monde, le repas fut plus gai qu'on n'aurait pu le prédire, car les têtes chauves y figuraient en grande majorité. Étienne reconnut que l'on peut vieillir en province sans tourner à l'aigre. Un ancien magistrat, svelte et propret, détailla fort joliment une ariette que Mozart lui avait apprise en 4786. Et comme on s'étonnait qu'il eût si bien gardé un souvenir de sa première enfance, il répondit en se rengorgeant : « Mais, madame, en 86 j'avais seize ans, l'âge de Chérubin et quelque peu de son caractère !

A la chuta du jour, invités et villageois se réunirent sur la pelouse. Hortense ouvrit le bal avec le capitaine des pompiers, et Étienne avec la femme du maire. Ce divertissement profane n'effaroucha nullement le bon curé. Comme Étienne le félicitait de sa tolérance, il s'écria : Nous prenez-vous pour des gens du moyen âge ? L'Église a fait de grands progrès, tout immuable qu'on la dit. Soyez chrétiens, respectez nos dogmes, soumettez-vous à notre autorité, et l'on vous tient quittes du reste. Mille millions de rigodons font moins de tort à Dieu qu'une ligne de Voltaire. »

Le temps courait grand train pour les danseurs de tout tige et de tout étage, Étienne et sa femme exceptés. Ils s'échappèrent enfin vers dix heures et gagnèrent une vaste chambre oh les serviteurs du défunt, restés en place, avaient laissé le portrait de leur maître. L'heureux époux n'y prit pas garde ; mais le lendemain matin, tandis que la jolie tête d'Hortense reposait sur l'oreiller, il devina Bersac sous la toque et la robe d'un juge consulaire. Il se leva sans bruit, salua gravement l'image du bonhomme et lui dit in petto : Merci, monsieur, de m'avoir légué, sinon une jeune fille, du moins une femme aussi chaste que belle ; vous étiez un vieillard honnête et délicat.

IV

Le cahier manuscrit que je copie, en l'abrégeant, s'arrête au lendemain du mariage pour reprendre en janvier suivant ; c'est une lacune d'environ cinq mois. Nul doute que la lune de miel n'ait été sereine et radieuse. Quelques papiers épars qui datent probablement de cette époque, nous révèlent les manies du premier mari, les étonnements d'Étienne et la docilité d'Hortense.

Bellombre, situé à trois lieues de la ville, dans un pays charmant, datait du règne de Louis XIII. M. Bersac avait gâté le parc à grands frais pour y tracer des lignes droites ; il avait rebâti, Dieu sait comme, les deux ailes du château. Tout le meuble était riche et moderne, acajou et lampas, dans le style cossu de 1835. A l'entrée de chaque pièce, on lisait sur une pancarte l'inventaire et le prix des effets et meubles meublants contenus en icelle. Le travail quotidien de chaque domestique était minutieusement distribué par un règlement spécial. Madame devait livrer au cordon bleu chaque dimanche, après vêpres, tous les menus de la semaine ; la femme de charge avait ordre de changer le linge des maîtres le samedi et le mercredi soir, ni plus ni moins. La porcelaine et les cristaux de tous les jours étaient sous la responsabilité du valet de chambre, ainsi que le plaqué d'argent qui servait en semaine ; les dimanches et jours fériés, madame délivrait elle-même l'argenterie et les services de luxe ; elle devait enfermer la vaisselle dans la salle à manger lorsqu'on passerait au salon, et n'ouvrir que le lendemain matin à six heures l'hiver, à cinq heures l'été, pour que tout fût lavé, mis en état et serré devant elle. Un des premiers actes d'Étienne fut de jeter les règlements au feu, et madame, qui les observait par obéissance posthume, ne parait pas avoir plaidé leur cause.

Bersac aîné jeûnait ou s'abstenait de viande, toutes et quantes fois l'Église le prescrit, quoiqu'il eût des dispenses plein les poches. Il imposait son régime à la jeune femme, qui du reste en avait fait l'apprentissage au couvent. Hortense n'essaya pas de rien changer aux habitudes d'Étienne, et comme il eut l'esprit de ne point discuter les macérations qu'elle s'infligeait, elle s'en désaccoutuma peu à peu sans mot dire. Une tolérance réciproque les conduisit bientôt, l'amour aidant, à vivre et à penser comme une seule et même personne, ce qui est l'idéal du ménage.

Comme don de joyeux avènement, Étienne offrit une pompe de mille écus à la commune de Saint-Maurice, et Hortense une cloche. Le bon curé préférait hautement un clocher, mais Étienne reconnut, après une enquête, que les vandales de 93 étaient calomniés dans la paroisse ; le clocher détruit n'avait jamais existé qu'en projet, et ce projet, rédigé par un architecte économe, s'élevait au minimum de quarante mille francs.

Rien n'indique que l'auteur de Jacqueline et de Silva ait regretté pendant ces six mois les plaisirs, les fatigues et les angoisses de la vie littéraire. Non-seulement il oublia d'écrire, mais s'il lut quelquefois, ce fut dans le petit cœur de son excellente femme, et il y prit plus d'intérêt qu'au meilleur roman.

Aux approches de Noël, il se fit envoyer des livres et s'abonna à cinq ou six journaux et revues. Les soirées étaient décidément trop longues pour qu'on les passât tout entières à mirer deux yeux dans deux yeux. Un hiver assez doux, mais humide et sombre, interdisait les plaisirs et les occupations du dehors.

Restait la conversation comme unique ressource, mais il arrive toujours un moment où les âmes lei mieux assorties n'ont plus rien à se dire qu'elles n'aient répété cent fois. Étienne lut avec Hortense ; il permit à quelques grands esprits d'intervenir en tiers dans l'heureux tête à tête. La jeune femme, comme toutes celles qui ont passé au laminoir des couvents, était d'une ignorance incroyable. La demi-liberté du mariage l'avait conduite à feuilleter les auteurs à la mode ; mais des chefs-d'œuvre immortels qui sont le patrimoine du genre humain, elle savait à peine le titre. Elle s'intéresse passionnément à ces hautes études qui élargissaient son horizon et complétaient son être moral ; néanmoins, ayant observé qu'Étienne ne pouvait lire à haute voix sans bâiller toutes les dix lignes, elle lui proposa spontanément de revenir à la ville.

On fêta leur retour ; les maisons les plus considérables se disputaient le plaisir de les traiter. Étienne alla partout avec sa femme, qui grillait de le produire et de s'en faire honneur. Il fit autant de frais pour ces provinciaux que pour les plus fins connaisseurs de Paris. La réputation d'homme brillant qui l'avait précédé se confirma et s'étendit ; ce fut un vrai triomphe. Non content de se faire admirer, il se complétait par l'étude d'un monde inconnu. Dans les salons, au théâtre, au cercle, il notait mille détails intéressants qu'il n'aurait pas remarqués un an plus tard. L'étude a sa lune de miel comme le mariage ; nous ne percevons vivement que ce qui nous est nouveau. Les singularités des mœurs et des caractères nous échappent du jour où elles ne nous étonnent plus. Pendant un mois ou deux, Etienne écrivit tous les soirs, tantôt un simple mot, plus souvent des pages entières ; mais Hortense crut voir qu'il était moins pétillant au logis que dans le monde. Ce cerveau si riche et si fécond avait-il besoin des excitations de l'amour-propre pour s'ouvrir ? Était- ce l'ombre de la maison Bersac et ce milieu vulgaire, sénile et froid qui le glaçait ? L'intérieur de l'hôtel, à vrai dire, était sinistre. Les grands appartements tendus de papiers à ramages, le mobilier riche et banal, les portraits de feu Bersac, qui semblait avoir porté loin le culte de sa laideur, le service grognon des ministres de l'ancien règne qui protestaient tout bas contre les gaspillages du nouveau train, tout cela devait assombrir l'humeur d'un Parisien, d'un artiste et d'un dandy. Hortense, avec cette intuition qui est le génie des femmes aimantes, devina la tristesse et la pauvreté des splendeurs qui l'avaient éblouie au sortir du couvent. Aussitôt éclairée, elle se mit à l'œuvre. Sans consulter Étienne, elle envoya chez Célestin les portraits de son vénérable frère ; elle congédia les domestiques un à un, sous divers prétextes, en assurant le sort des plus méritants ; elle choisit des gens d'un air et d'un service moins surannés. Étienne fut surpris et charmé de voir apparaître un matin son ancien valet de chambre ; madame rayait déniché à distance et repris sans marchander les gages. La livrée du défunt, qui semblait empruntée à un orchestre de la foire, fit place à une tenue très-simple et du meilleur goût. Un petit coupé et un duc, l'un et l'autre au chiffre d'Étienne, arrivèrent de Paris avec une paire de chevaux neufs qui avaient du sang anglais dans les veines ; on repeignit le landau pour les sorties de gala : il était moderne et de bonne fabrique. Tous ces changements s'accomplirent en un tour de main, comme dans les féeries.

Le difficile était de décorer et de meubler la maison de manière à contenter un délicat. Ah ! si la pauvre femme avait pu rassembler d'un coup de baguette toutes les belles choses qui l'avaient éblouie dans certain appartement de la Chaussée d'Antin ! elle aurait vendu la maison pour reconquérir ce mobilier et installer Étienne dans un milieu créé par lui-même ; mais l'enchère avait tout dispersé aux quatre coins de l'Europe. Un jour, naïvement, elle entra chez le marchand de curiosités, y prit deux bahuts et quelques douzaines de faïences, fit transporter le tout dans sa salle à manger et guetta, le cœur en suspens, l'arrivée d'Étienne.

« Eh quoi ! dit-il, ma pauvre enfant, tu t'es donné la peine de faire descendre ces vieilleries ? Elles étaient si bien au grenier !

– Mais ce sont des antiquités, mon ami. J'avais cru te faire plaisir en les achetant, parce que la maison, je le sens bien, n'est pas très-gaie, et… si nous pouvions refaire un mobilier comme celui que tu n'as plus »

Il embrassa la chère créature et demanda pardon de sa brutalité.

« Mais, ajouta-t-il, les beaux jours du bric-à-brac sont finis. La fureur des vieux meubles mal assortis était une vraie maladie ; j'ai passé par là comme tant d'autres, et, tout connaisseur que j'étais, il m'en a cuit. Ma vente a remboursé bien juste les prix d'acquisition, et pourtant j'avais acheté au bon moment. J'ai donc consommé par les yeux quinze années d'intérêts, qui pouvaient doubler le capital, et, de plus, j'ai été mal installé, mal couché, mal assis, esclave d'un tas de choses anguleuses. Le mobilier doit être fait pour l'homme qui s'en sert, et un magasin encombré, comme celui que j'avais à Paris, est juste l'opposé d'un logement habitable.

Hortense le fit causer tant et si bien qu'elle finit par le comprendre. Elle lui soutira le nom d'un de ces artistes pratiques qui marient l'art et le confort dans les installations intelligentes de Paris, et quelques jours après cet entretien la maison fut prise d'assaut par les tapissiers et les peintres.

Étienne prit un vif plaisir à préparer son nid lui-même, à discuter avec un architecte instruit, adroit, complet, les détails d'une habitation à souhait pour la commodité d'une vie heureuse. Il esquissa des plans, assortit des couleurs, dessina certains meubles, le lit entre autres, qui fut un vrai chef-d'œuvre du genre. Le mobilier s'exécutait à Paris, mais il dirigea lui-même au jour le jour les décorateurs et les tapissiers qui travaillaient sur place. Jusqu'au printemps, la vieille maison glaciale fut remplie d'un désordre bruyant et gai. Les deux époux, cantonnés dans un petit logement sous les combles, comme un ménage d'étudiants, jouirent d'un bonheur inquiet, affairé, contraint et d'autant plus délicieux.

Ils allaient tous les jours dans le monde, mais avec quel plaisir ils se retrouvaient chez eux ! Jamais on n'avait ri de si bon cœur sous ce grand toit de plomb et d'ardoise. Étienne ne pouvait plus rester deux heures hors du logis ; il suivait comme un enfant les mouvements alertes des ouvriers parisiens : cet homme que la fièvre du travail avait parfois transporté jusqu'au délire éprouvait une sensation neuve à suivre, les bras croisés, le travail d'autrui.

Le bruit courut bientôt que M. et Mme Étienne se faisaient un intérieur comme on n'en avait jamais vu. Le petit Célestin s'alarma de cette nouvelle et voulut constater par ses yeux qu'on ne gaspillait pas son capital. Il fut amplement rassuré. Le cuir, la laine, la cretonne imprimée, remplaçaient à peu près partout les soieries de Lyon ; l'or se montrait à peine çà et là, discrètement, pour rehausser quelques saillies ; jamais le luxe n'avait fait un tel étalage de simplicité. Le bonhomme trouva tout à son gré, il ne chicana point sur les nouveaux projets d'Hortense, qui parlait d'emmener à Bellombre l'architecte et les ouvriers. Cette soumission de bon goût fut récompensée huit jours après ; on lui remit un acte attestant que toutes les valeurs dont Hortense avait l'usufruit étaient transférées au nom du nu– propriétaire ; son héritage était en sûreté !

L'appartement fut prêt, meublé, livré à la fin de mai, au grand étonnement des ouvriers du cru, qui plantent un clou dans leur demi-journée. Le 6 juin, on pendit la crémaillère ; il y eut un grand bal suivi d'un souper assis. La ville entière admira le beau stylo et le confort exquis de toute la demeure, et les convives du souper, quatre-vingts personnes environ, déclarèrent unanimement que la salle à manger, l'éclairage, les porcelaines, les cristaux, la cuisine de Mme Madeleine et la cave de feu Bersac formaient un tout indivisible dont la perfection pouvait être égalée, mais non surpassée chez les rois. La cave, bien connue dans le département, contenait encore dix-sept mille bouteilles de vins choisis ; il y en avait dix mille à Bellombre. L'heureux couple s'esquiva sur ce mémorable succès. Ce ne fut pas sans avoir invité le préfet et vingt autres personnes à l'ouverture de la chasse. Le château devait être régénéré d'ici là.

Les trois mois suivants s'écoulèrent aussi rapidement qu'un dernier jour de vacances. Étienne et sa femme eurent beau se lever matin, la nuit les surprenait toujours à l'improviste ; on n'avait pas eu même le temps de respirer. « Encore un jour passé ! disait Hortense ; un jour de moins à vivre, et la vie est si bonne avec toi ! »

On avait profité de leur long séjour à la ville pour corriger le style de certains bâtiments et ramener les deux ailes à l'unisson du grand corps de logis. Les terrassements du parc étaient faits, les routes serpentines tracées, les eaux vives encaissées entre des gazons neufs, le parterre dessiné, planté et fleuri. U ne restait qu'à transformer les dedans, comme à la ville, mais dans un esprit tout différent. Chaque saison a son confort, et le beau d'une maison des champs est de donner pleine carrière aux plaisirs spéciaux de l'été. Peu ou point de tentures, les parois et les plafonds peints à l'huile, de jolis planchers de mélèze qui se lavent tous les huit jours ; les meubles plutôt fermes que moelleux ; ni bois sculptés, ni capitonnages, ni couleurs riches, mais de l'espace, de l'air et de la lumière à profusion. Autant de chambres qu'il se pourra, car il faut prévoir les invasions subites, mais la plus grande simplicité dans chacune : les invités n'y font que leur somme et leur toilette ; le seul luxe à leur offrir chez eux est une surabondance de linge et d'eau. Tout le rez-de-chaussée, pour bien faire, doit être un terrain vague, consacré à la vie en commun. Les salons, la salle à manger, l'office, qui est un buffet permanent, Je billard, la bibliothèque, le cabinet de chasse, la cuisine, sont de plain-pied pour qu'on circule à l'aise sans avoir même une porte à ouvrir. Tout est dallé, sauf les salons, où l'on pourra danser un soir ou l'autre ; la cuisine est assez grandiose pour que dix chasseurs et leurs chiens se sèchent à la fois sous le manteau de la cheminée ; elle est assez brillante de propreté pour que les élégantes de la maison viennent y faire un plum-pudding ou un demi-cent de crêpes, si tel est leur bon plaisir. Étienne dirigea dans cet esprit hospitalier la transformation du château ; il fit peu pour la montre, presque rien pour ses propres aises, énormément pour le bien-être de ses hôtes.

De toute antiquité, M. et Mme Célestin passaient leurs étés à Bellombre. La femme colossale contrôlait les dépenses, l'ex-notaire donnait son coup d'œil aux vendanges ; tous deux, à temps perdu, jouaient un piquet formidable avec le curé de Saint-Maurice. La bonne Hortense, qui pensait à tout, s'avisa que ces braves gens seraient un peu bien effarés au milieu des élégances et des gaietés de septembre. Elle trouva moyen de les isoler sans les exclure pour que ni l'un ni l'autre ne fût contraint de s'amuser plus qu'il ne voulait. On meubla pour eux seuls un ancien pavillon de garde, isolé sur la lisière du parc, à vingt pas du village, à quarante du presbytère. Hortense n'oublia ni les goûts des vieillards, ni leurs habitudes, ni leurs affections ; ils furent entourés de mille et une reliques qui parlaient de Bersac aîné, et, pour ménager l'amour-propre du gnome, Étienne lui écrivit de sa main : « Bellombre vous appartient, mon cher beau-frère ; nous n'en avons que la jouissance, et nous serons toujours heureux de la partager avec vous. Mais nous attendons quelques hôtes qui, j'en ai peur, feront du bruit, car'ils sont presque tous plus jeunes que vous et moi. Quand vous voudrez dormir en paix loin du piano de ces dames et des fanfares de ces messieurs, rappelez-vous que vous possédez hic et nunc, en toute propriété, l'enclos et le pavillon des Coudrettes. Mmc Étienne ne se réserve qu'un seul droit sur ce petit bien, c'est de vous y rendre ses devoirs et d'y faire porter tout ce qui vous peut être agréable. Inutile d'ajouter que votre appartement reste vôtre et que vos deux couverts seront toujours mis au château. » Célestin remercia le poète avec une émotion visible.. Vous me traitez, disait-il, en vieil enfant gâté. – Le beau mérite ! répondit Hortense. Nous sommes si pleinement heureux que cela déborde de toutes parts. »

Leur automne ne fut qu'une fête. La chasse, les vendanges, les excursions, les bals improvisés, les jeux de toute sorte, un joli mariage qui s'ébaucha dans une promenade en bateau, la grande pèche d'un étang voisin et cent autres distractions que j'oublie, tinrent la compagnie en joie jusqu'au milieu de novembre. Les invités partaient, revenaient, s'oubliaient, s'arrachaient au plaisir, retournaient aux affaires, et retombaient un matin à la grille du parc lorsqu'on ne les espérait plus. C'était un va-et-vient perpétuel entre la ville et le château ; les domestiques passaient la moitié de leur vie à transporter des toilettes et des coiffures nouvelles ; car les femmes faisaient assaut d'élégance, tandis que ces messieurs rivalisaient de bonne humeur et de bel appétit.

Il se trouva, tout compte fait, que le beau monde de la ville avait défilé, pendant cette saison, sous les platanes de Bellombre. Or, les plaisirs de bon aloi vous laissent égayés pour un temps ; à l'éclat des jours radieux succède un crépuscule aimable. Il suffit quelquefois d'un bal ou d'une promenade pour mettre la province en train. On a ri, on s'est rapproché, un sentiment de bienveillance universelle se répand d'une âme à l'autre comme une tache de miel ou de lait ; le désir de continuer ou de recommencer la fête éveille les imaginations, stimule la fibre généreuse ; c'est à qui rendra aux voisins l'accueil qu'il a repu. Il n'y a plus d'avares ni de maussades ; le bouchon des bouteilles part tout seul, les coffres-forts les mieux fermés s'ouvrent spontanément au milieu de la nuit, et les écus dansent en rond dans la chambre. Ces périodes de bon temps se prolongent par la force des choses, en vertu de l'impulsion première et de la gaieté acquise. Interrogez les vieillards de province ; il n'y a pas une ville où l'on ne dise : « Nous nous sommes bien amusés telle année, et encore l'année d'après. »

La petite capitale où régnait M. le comte de Giboyeux fut en liesse pendant trois ans, grâce à l'inauguration de Bellombre. L'hiver suivant ne fut qu'un chapelet de bals et de divers priés ; le théâtre eut tant de succès que le directeur ne fit point faillite, à son grand étonnement. On tira l'hiver en longueur, et l'on avança tant qu'on put les ébats de l'automne ; il n'y eut pas de morte-saison pour les fanatiques du plaisir.

Bellombre revit tous ses hôtes de l'an passé et beaucoup d'autres. La renommée du château s'était répandue au loin ; il était convenu et prouvé dans un rayon de cent kilomètres que le plus généreux châtelain, le plus heureux mari, le causeur le plus gai, le buveur le plus franc, le cavalier le plus solide, le chasseur le plus triomphant et le meilleur garçon du monde était M. Étienne, homme de lettres converti. Chose incroyable, sa beauté persistante et son dandysme obstiné n'effarouchaient ni les prudes ni les jaloux. On le savait, on le voyait amoureux de sa femme et trop heureux pour souhaiter ou regretter la moindre chose.

Si parfois la lecture d'une lettre ou d'un journal, l'analyse d'un livre nouveau, l'annonce d'une comédie en cinq actes, l'éloge d'un jeune auteur inconnu lui donnait un quart d'heure de mélancolie, Hortense était seule à le voir, et la tendre créature ne s'en ouvrait à personne, pas même à lui.

Elle s'étonnait par moments qu'un puissant producteur comme Étienne fût resté plus de deux années sans écrire.

Le fait est qu'il ne répondait pas même à ses amis et que sans ce mémorandum où il jetait quelques lignes de temps à autre, on eût pu supposer qu'il avait peur du papier blanc. Elle l'excusait de son mieux : il se repose, pensait-elle. Après ce travail épuisant qui a précédé notre mariage, deux ans de récréation ne sont peut-être pas de trop. Et puis il m'aime tant ! J'occupe tout son esprit aussi bien que son cœur ; une autre idée pourrait-elle y trouver place sans me déloger quelque peu'? Tout est bien.

Les gens du monde qui fréquentaient sa maison ne se demandaient même pas pourquoi il n'était plus homme de lettres. Il leur semblait tout naturel qu'on n'écrivit ni pièces ni romans dès qu'on avait de quoi vivre et faire figure. La littérature aujourd'hui passe pour un métier comme un autre. A qui la faute ? Je ne sais ; peut-être aux sociétés littéraires et dramatiques qui remplissent les journaux de leurs débats mercantiles. Pourquoi donc un justiciable du tribunal de commerce, un marchand de papier noirci à tant la ligne continuerait-il le métier quand son affaire est faite ? Les tailleurs de distinction se retirent après fortune, et les agents de change aussi. Quelques rares individus qui écrivent sans y être forcés font l'étonnement des provinces.

Ce n'est pas que le vrai talent y soit moins admiré qu'à Paris. La jeunesse du chef-lieu s'honorait d'habiter la même ville qu'Étienne ; on montrait sa maison aux étrangers, on achetait ses livres et on les lui apportait humblement pour qu'il signât son nom sur le faux titre ; l'opinion le plaçait bien au– dessus de M. Luricot, ancien marchand de bœufs, qui était cependant trois fais plus riche et pas plus fier que lui.

Lorsqu'on sut qu'il avait fixé le jour de sa rentrée en ville, la commission du théâtre, composée de neuf ou dix jeunes gens à la mode, organisa une solennité en son honneur. Elle invita le directeur à monter son drame de Silva ; cinq décors neufs furent commandés pour la cérémonie. Toute la ville s'entendit pour garder le secret et lui ménager la surprise ; l'Impartial, qu'il lisait à Bellombre, s'abstint d'annoncer le spectacle. La femme du receveur général invita les Étienne à dîner, sous prétexte que le déménagement devait renverser leur marmite ; on amusa si bien le héros de la fête qu'il entra au théâtre, s'assit avec. Hortense au premier rang d'une loge de face et vit lever le rideau sans remarquer que la salle était comble et éclairée à giorno. Ce ne tut pas avant la dixième réplique qu'il se tourna vers sa femme et lui dit :

« Ah çà ! que diable jouent-ils donc ?

– Silva, mon ami.

– Tu le savais ?

– Un peu.

– C'est une trahison ! nous ne pouvons pas rester ici sans nous couvrir de ridicule !

– Tu n'assistais donc pas à tes pièces à Paris ?

– Jamais en évidence, et d'ailleurs on ne me connaissait pas comme ici. Allons-nous-en !

– Ce serait faire affront à tous ces braves gens qui t'applaudissent de si bon cœur. : écoute ! D'ailleurs la loge est pleine, et ce sont nos meilleurs amis qui te retiennent prisonnier. »

Il enrageait, mais que faire ? Tout bien pesé, il résolut de mettre l'occasion à profit pour écouter sa pièce et se juger lui-même.

Silva est un drame bien fait, peut-être un peu trop oratoire, mais conduit d'une main ferme et plein de situations pathétiques. Ce n'est pas le premier succès ; la pièce, dans sa primeur, eut quarante représentations, ce qui répond à cent aujourd'hui.

La troupe du chef-lieu, qui n'était pas des pires, se surpassa dans cette occasion ; elle se sentait soutenue et comme enlevée par la sympathie publique. On applaudissait à tour de bras les moindres tirades ; on pleurait, on se mouchait, on criait : « Vive Étienne ! » La loge de l'auteur ne désemplit pas un moment ; amis et flatteurs assiégeaient la porte aux entractes.

« Ah ! mon ami, dit la bonne Hortense, que je te remercie d'être resté ! Voici mon plus beau jour ; grâce à Dieu, je ne mourrai pas sans avoir joui de ta gloire.

– Heureusement, répondit-il, c'est fini ; nous en voilà quittes. »

Ii se trompait. Le rideau venait de tomber au milieu des applaudissements, des pleurs et des cris, mais pas un spectateur ne bougeait de sa place. Le régisseur frappa trois coups, l'orchestre exécuta une marche triomphale, et le buste d'Étienne apparut entouré des personnages de la pièce en costume et des autres artistes en habit noir. Une trappe s'ouvrit du côté cour, c'est-à-dire à la droite des spectateurs, et l'on vit apparaître une actrice vêtue de blanc, le front ceint d'un laurier d'or. Elle déclama d'une voix émue une sorte de dithyrambe élaboré par le professeur de troisième, et qui peut se traduire ainsi : « Je suis la ville de trente-cinq mille âmes, le chef-lieu du département où fleurit M. de Giboyeux ; j'adopte solennellement aujourd'hui l'illustre auteur de Silva et de tel, tel et tel ouvrages dont voici l'énumération paraphrasée. » Et pour conclure :

« Honneur à tes travaux qui consolent la France ! Honneur à tes bontés pour le pauvre à genoux ! Honneur à l'avenir, honneur à l'espérance ! L'avenir est à toi, l'espérance est en nous ! »

Et le parterre d'applaudir ! et les mouchoirs de s'agiter le long des galeries ! Et les bouquets de pleuvoir sur le buste de plâtre que la jeune artiste, par une inspiration subite ou préparée, couronna aux dépens de son propre front. La salle entière se tourna vers Étienne avec autant d'admiration, de reconnaissance et d'amour que s'il avait sauvé la patrie entre ses deux repas. Quant à lui, il se jeta tête baissée à travers la foule des obséquieux, traînant Hortense à la remorque. Il gagna la sortie du théâtre, sauta dans sa voiture et rentra chez lui en grommelant : « Les sots ! les pleutres ! L'avenir est à toi ! Je comprends Charles IX et tous ceux qui ont tiré sur le peuple. Jamais plus stupide gibier n'a provoqué les coups de fusil. Cette pièce, elle est enfantine ! Les déclamations du collège,... les ficelles de l'âge d'or ! J'ai marché depuis ce temps-là... Si je voulais ! si je m'y mettais ! Il y a un nouveau théâtre à créer, je le sens, je le tiens ; mais où ? comment ? Je suis un astrologue au fond du puits ; bonsoir, étoiles !

Hortense l'embrassait chemin faisant et n'avait pas l'air de l'entendre ; mais quinze jours après la représentation de Silva elle contrefit la boudeuse, chercha des querelles d'Allemand, et finit par dire à son mari :

« Tu n'es pas homme de parole : il était convenu que nous irions à Paris tous les hivers, et l'on dirait que tu prends plaisir à m'enterrer au fond de la province. Aussi j'ai fait un coup d'Etat ; nous partons après-demain soir, et nous avons loué pour l'hiver un petit hôtel tout meublé, rue Bayard. Révolte-toi, si tu l'oses, méchant !

L'homme le plus spirituel du monde a toujours moins d'esprit que sa femme. Étienne reconnut naïvement ses torts et répondit qu'il soupirait lui-même de temps à autre après le mauvais air de Paris.

Je les rencontrai d'aventure, le lendemain de leur arrivée. C'était à la fin de novembre, par un de ces demi-soleils qui font courir tout Paris au bois de Boulogne. Ils se promenaient à pied au bord du lac, et leur coupé à deux chevaux les suivait. Etienne ne se jeta point à mon cou, et il oublia de me tutoyer, mais il me fit un accueil très-cordial, me présenta à sa femme et me donna son jour et son adresse. J'eus le temps de remarquer qu'il n'avait ni engraissé ni vieilli.

On sut bientôt dans le monde des lettres qu'il était de retour à Paris. Les journaux qui se piquent d'être bien informés annoncèrent qu'il apportait un roman, une comédie en vers, un drame, une étude en deux volumes sur la vie de province. Il avait lu sa comédie dans tel salon, tel éditeur avait acheté le roman, telle et telle publications se disputaient la primeur des fameuses études. Tous ces renseignements, puisés à bonne source, se contredisaient comme à plaisir ; je voulus en avoir le cœur net en interrogeant l'auteur lui-même dès ma première visite.

« Bah ! répondit-il, laissez dire ; il faut que tout le monde vive. Vous seul au monde savez pourquoi je n'ai pas écrit un mot. C'était marché conclu avant ma fuite en province, je remplis mes engagements avec une fidélité qui ne me coûte pas. Le bonheur m'a rendu, paresseux avec délices, comme Figaro. »

Mme Étienne assistait à cette conversation ; je crus lire dans ses yeux beaucoup d'étonnement, un peu d'inquiétude et une curiosité qui n'osait paraître. Pour ma part, je m'escrimais à comprendre qu'un homme si bien doué se résignât à mourir tout vif. Quelques efforts qu'il fît pour prouver son indifférence, je ne le croyais pas sincèrement détaché de la gloire.

Sa. maison fut ouverte à tout ce qui portait un nom dans les arts ou dans les lettres ; il donna d'excellents dîners et des soirées où l'on dépensait l'esprit sans compter. Deux ou trois fois, après certaines passes brillantes où il avait tenu le jeu contre Méry, Gozlan et les Dumas, je vis ses yeux s'illuminer d'orgueil. Il semblait dire : « Si je voulais ! » Mais presque au même instant un nuage passait sur son beau front, et me rappelait que le pauvre homme avait abdiqué le droit de vouloir.

Pour le monde qui s'arrête à la surface des choses, Étienne s'amusait follement. Il était de tous les écots avec Hortense. Ils ne manquèrent pas un des bals officiels, qui furent nombreux cet hiver-là. Les invitations pleuvaient chez eux, ils paraissaient dans trois ou quatre salons le même soir ; les théâtres leur envoyaient des loges, leurs domestiques furent malades d'une indigestion de concerts.

Je me souviens d'avoir vu derrière eux la première représentation d'une œuvre d'Augier. Il riait, il admirait, il applaudissait et il souffrait. « C'est la vraie comédie, disait-il, la comédie satirique. Quels coups de dents ! cela emporte le morceau. Cependant je rêve encore autre chose, et si jamais l'occasion... mais où donc ai-je la tête ? Il s'agit bien de moi en vérité ! »

Quelques directeurs, alléchés par les on-dit de journal, vinrent lui proposer des traités magnifiques : les chefs-d'œuvre étaient déjà moins offerts que demandés sur la place de Paris. Il se fâcha comme un grand épicier retiré des affaires à qui l'on viendrait demander un sou de poivre dans son château. Je ne sais plus quel impresario disait en sortant de chez Étienne : « On prétend que l'air de la province est calmant, et je viens de voir un garçon qui est devenu nerveux comme une guitare à force de planter des choux. » Il défendit longtemps sa porte à Bondidier, son éditeur, qu'il estimait de vieille date et qui lui devait de l'argent. « Si je le reçois, pensa-t-il, il me parlera de mes livres, et peut-être va-t-il m'apprendre qu'on ne les lit plus à Paris. »

A toute fin pourtant, il rendît une visite au digne homme, qui s'était dérangé plus de dix fois sans le joindre. M. Bondidier lui compta une somme importante, mais sans dissimuler que la vente allait décroissant. « C'est une loi que tous mes confrères ont observée ; on délaisse insensiblement les auteurs qui s'abandonnent eux-mêmes ; on lit de moins en moins celui qui n'écrit plus. Tant que vous travaillez, chaque publication fait connaître ses aînées ; on a vu tout un fond de livres invendables, condamnés au rabais, menacés du pilon, faire prime inopinément : l'auteur avait forcé l'attention du monde en lançant un nouvel ouvrage. Les vôtres ont une valeur intrinsèque, un mérite de forme qui ne sera jamais méconnu ; mais ils s'écouleront lentement, et tomberont dans un oubli relatif jusqu'au jour où je ne veux pas vous attrister, mais c'est le lendemain de leur mort que les vrais écrivains comme vous trouvent pleine justice. Ah ! si vous m'aviez écouté ! Ce Jean Moreau, dont nous avons causé si souvent chez vous et chez moi, devait marquer le point culminant de votre course. Vous seul, entre tous nos contemporains, pouvez écrire ce livre dont le succès est garanti par l'attente universelle. Songez donc que le roman du deuxième Empire n'est pas fait ! On le désire, on l'appelle, on l'espère, on veut qu'il vienne avant la crise politique qui renversa la littérature légère au dernier plan. Jean Moreau, comme je le comprends, et comme vous l'avez conçu, doit vous mettre hors classe. Je ne dis pas qu'il vous fera passer avant Mme Sand ou Mérimée, avant Balzac ou Stendhal ; mais il mettra certainement en relief des dons qui n'appartiennent qu'à vous. Vous serez le vanneur de ce temps-ci, l'homme qui fait sauter d'une main ferme et légère la politique, la finance, les systèmes, les préjugés, les types, les mœurs bonnes et mauvaises, séparant la paille du grain. Après un tel travail, vous entrez à l'Académie comme une balle dans la cible, sans débat. Je publie vos œuvres complètes, in-octavo pour les bibliothèques, in-dix-huit pour tout le monde, et je vous apporte un regain de gloire que vous n'auriez jamais obtenu de votre vivant sans le succès de Jean Moreau !

L'éloquence du vieil éditeur remua profondément l'esprit d'Étienne. Il rentra chez lui tout ému, embrassa Hortense et lui dit : « M'en voudrais-tu beaucoup si je faisais un livre ?

– Moi, mon ami ?

– Oui, toi.

– Mais je serais la plus heureuse et la plus orgueilleuse des femmes. Il y a bien longtemps, va, que j'y pense et que je me demande pourquoi tu n'écris plus ! Je craignais que le monde ne m'accusât de te confisquer pour moi seule, de gaspiller au profit de mon bonheur tes plus belles années ; mais je n'osais rien t'en dire, Étienne, parce que tu es le maître et moi la servante.

– Ah çà ? qu'est-ce qu'il m'a donc chanté, ce vieux fou de Bersac ?

– Célestin ?

– Naturellement. Il m'a fait jurer sur ta tête, ou peu s'en faut, que je n'imprimerais plus une ligne.

– Dans les journaux ? sans doute ; il m'avait effrayée des journaux à cause de ces batailles, tu sais ? et ces éclaboussures d'encrier qui sont pires que les coups d'épée. Mais un livre ! un livre de toi, qui sera lu, admiré, cité partout ! Mon cœur bat à l'idée que nous le verrons ensemble aux étalages. Tu me le dédieras, entends-tu ? Je veux que la postérité sache le nom d'une petite créature ignorante et pauvre d'esprit, mais qui a deviné ce que tu vaux et qui t'a consacré sa vie !

Étienne rayonnait de joie. Dans ses transports, il raconta le roman à sa femme, il esquissa ses plans, s'arrêta aux principaux épisodes, s'égara dans mille détails (Lui parurent divins à l'humble fanatique. « Nous ne bougerons plus de Paris, lui dit-elle ; j'aime Paris, un peu parce que nous nous y sommes rencontrés, et plus encore parce qu'il vient de te rendre à toi-même.

– Non, ma chérie, voici le printemps, il vaut mieux retourner à Bellombre. Que de fois je m'y suis promené en rêvant à ce livre qui ne devait jamais paraître ! J'y retrouverai mille idées suspendues aux branches des arbres, comme la laine d'un troupeau s'accroche aux buissons du chemin. »

On fit les malles, on prit congé des amis anciens et nouveaux. Étienne ne se priva point de nous dire qu'il allait se remettre à l'ouvrage, et que Jean Moreau serait achevé dans un an. Moi qui me souvenais, je n'en croyais pas mes oreilles : « Vous avez donc apprivoisé le Célestin Bersac ?

– Le pauvre homme n'a jamais songé à restreindre ma liberté. Il y avait malentendu ; erreur n'est pas compte. »

Quelques fidèles, dont j'étais, leur offrirent un dîner d'adieu la veille du départ. Le couvert se trouva mis par hasard dans ce salon du café Anglais où nous avions soupé ensemble quelques années plus tôt. Il s'amusa du rapprochement, et me lança un de ces regards pleins de choses qui n'appartenaient qu'à lui. Je portai un grand toast, trop long peut-être, au succès de Jean Moreau. Quelques convives étouffèrent un bâillement, mais Hortense laissa perler deux larmes entre ses beaux cils noirs.

Vingt-quatre heures après ils dînaient en tête-à-tête dans la grande salle à manger de Bellombre. Étienne se fit un point d'honneur d'attaquer Jean Moreau le soir même. Il n'en écrivit que cinq lignes, car il s'était couché tard la veille, et le voyage l'avait un peu fatigué ; mais ces cinq lignes équivalaient à la pose d'une première pierre. Le difficile en art est de se mettre à l'ouvrage, et tout ce qui est commencé compte comme à moitié fini.

Le fait est qu'en six semaines il abattit les deux premiers chapitres ; les trois suivants s'achevèrent du 30 avril au 31 mai : c'était le quart du livre ! Les Bersac reprirent possession des Coudrettes au commencement de juin. Ils avaient leur belle-fille et ses deux enfants avec eux. George venait de passer à l'infanterie de marine avec le grade de lieutenant– colonel ; il faisait route vers la Cochinchine. Célestin craignait de mourir sans avoir revu ce cher fils ; les soucis de la séparation ajoutés aux fatigues de rage le faisaient dépérir à vue d'œil. On s'efforça de le distraire et de le consoler ; Étienne le traitait d'autant mieux qu'il était taquiné par certain scrupule, et qu'il se sentait mal à l'aise devant le vieil original. Un soir qu'on avait réussi à l'émoustiller un peu, il lui dit : « Une nouvelle, mon cher monsieur Bersac ! Je travaille.

– Mes compliments ! l'oisiveté est la mère de tous les vices.

– Mais devinez un peu ce que je fais ? Un roman !

– J'espère qu'il amusera Mme Étienne

– Et le public aussi ! reprit Hortense.

– Je crois que vous vous trompez, chère dame. Le public ne peut pas s'amuser d'un livre qu'on ne lui fait pas lire, et si j'ai bonne mémoire, M. Étienne en vous épousant s'est interdit de rien publier. »

Étienne pâlit un peu. « Mais, dit-il, je puis lever une interdiction que j'ai prononcée moi-même…

– Oui, si vous n'êtes engagé qu'envers vous. »

On parla d'autre chose, et un quart d'heure après Étienne se remit à la besogne.

Chaque fois que le souvenir de Célestin venait le distraire, il faisait le geste d'un homme qui chasse une mouche. « Eh ! que dirait le monde, si je sacrifiais mon avenir aux manies d'un vieux fou ? »

Le premier plan de Jean Moreau était perdu ; il en refit un autre bien plus large, où la province tenait plus de place. Tous les types qu'il avait observés depuis son mariage, les Bersac eux-mômes, entrèrent dans ce cadre et y prirent un relief étonnant. Il travaillait tous les jours au moins quatre heures, six au plus. Jamais l'inspiration ne lui faisait absolument défaut, mais les idées venaient plus ou moins vite. Tantôt il s'escrimait jusqu'au soir sur une demi-page, tantôt il couvrait dix feuillets de son écriture haute, droite, toujours nette, qui rappelle les beaux autographes du dix-septième siècle. Peu de ratures ; la grande habitude d'écrire lui permettait de jeter sa pensée en moule comme un métal de première fusion. De sa vie il n'avait fait deux manuscrits du même livre ni emprunté la main du copiste ; chacun de ses ouvrages allait en bloc et d'un bond chez l'imprimeur.

Hortense, qui l'épiait avec une anxiété maternelle, s'émerveilla de voir que Jean Moreau le possédait sans l'absorber. A mesure qu'il avançait dans son livre, les idées de roman, de comédie et même de vaudeville s'éveillaient en foule dans son esprit. Il jeta plus de vingt plans sur le papier sans interrompre le grand ouvrage.

Jamais il n'avait eu plus de temps, chose bizarre. Il trouvait moyen de répondre aux lettres des amis et des indifférents eux-mêmes ; il écrivait à tort et à travers. Sa plume était taillée et l'encrier rempli, rien ne lui coûtait plus.

Son humeur semblait plus égale, son esprit plus riant, son cœur plus tendre qu'aux jours de grand loisir et de repos absolu ; il prodiguait les témoignages d'affection à sa femme. Loin de vouloir se séquestrer dans son travail comme tant d'autres, il insista pour que la maison fût ouverte, il attira la foule et fit la joie autour de lui. On le voyait à table, à la chasse, aux promenades champêtres, plus vivant, plus gaillard, plus pétillant que jamais. C'était l'être puissant, multiple, prêt à tout, que j'avais admiré, non sans un peu d'effroi, le soir de notre première rencontre ; mais il ne revoyait pas Célestin sans qu'un nuage imperceptible vint assombrir sa belle humeur.

Un jour qu'il était seul avec l'octogénaire, il lui dit à brûle-pourpoint : « Mon cher monsieur, ce livre avance, et je vous avertis qu'il paraîtra.

– Grand bien vous fasse, monsieur !

– En somme, cette publication ne vous cause aucun tort, avouez-le !

– Ce n'est pas de moi qu'il s'agit. L'homme a la liberté du bien et du mal ici-bas.

– Dites-moi franchement votre opinion. Pensez-vous qu'avant mon mariage j'aie pris aucun engagement envers vous ?

– Oui, mais que vous importe ?

– Il m'importe beaucoup, sacrebleu !

– Le monde est à vos pieds ; vous n'avez pas besoin de l'estime d'un pauvre vieillard comme moi.

– Ah ! tout beau Je prétends être estimé de tous, sans exception, mon brave homme. Pour qu'un engagement soit valable, il doit être fondé en raison. Si je vous avais demandé la main d'Hortense, et si vous m'aviez fait vos conditions, je les tiendrais pour sacrées, quoique absurdes ; mais ma femme ne dépendait de personne lorsqu'elle m'a choisi. Est-il vrai ?

– Je l'avoue.

– Vous êtes venu me raconter qu'elle avait peur du journalisme, et moi qui tombais de fatigue pour avoir trop écrit, je vous ai répondu que j'avais de la littérature par-dessus les oreilles. Est-ce un serment, cela ?

– Si vous êtes bien sur de n'avoir rien juré, cher monsieur, vous devez être parfaitement à l'aise.

– Mais non ! Vous voyez bien que je suis agacé, et, si vous aviez le cœur juste, vous vous rappelleriez tout ce que nous avons fait pour vous, de notre plein gré, et vous diriez un mot, un seul mot qui me mit à mon aise.

– Vous reconnaissez donc que j'ai le droit de garder votre parole ou de vous la rendre ?

– Non !

– Très-bien.

– Mais si j'en convenais ?

– Vous me mettriez dans l'alternative ou de vous affliger, ou de prendre sur moi la responsabilité d'une publication contraire à mes idées, nuisible aux mœurs, irrespectueuse à coup sûr pour les majestés du ciel et de la terre. C'est pourquoi, cher monsieur, vous ferez bien de ne consulter que vous– même. Je n'ai aucun moyen de vous contraindre ; si le serment que vous avez prêté devant moi vous parait incommode aujourd'hui, vous pouvez le violer impunément et même avec quelque profit et quelque gloire mondaine. »

Étienne était exaspéré. Il aborda de cent côtés cet être fugitif, insaisissable et mou ; ni les bons procédés, ni les prières, ni les raisons ne purent l'entamer. Il usait sa vigueur contre cette inertie, comme les chevaliers des légendes se fatiguent à pourfendre un fantôme blafard. Cependant il acheva son livre.

Cela prit un peu plus de temps qu'il ne pensait Le premier mot datait du 17 mars, le point final fut mis le 3 septembre. On en reçut la nouvelle à Paris ; et les journaux bien informés annoncèrent que Jean Moreau était sous presse, quoique le manuscrit fut encore à Bellombre.

Dans le cours de l'été, Célestin avait failli mourir d'une bronchite, et quelqu'un s'était intéressé cordialement aux progrès de la maladie ; mais le maudit vieillard guérit et ne s'assouplit point. Lorsqu'Étienne reconnut que la mort ne voulait pas venir à son aide, il demanda l'appui de Mme Bersac, il implora la femme à barbe en faveur du pauvre Jean Moreau. Célestin parut s'adoucir, il promit d'autoriser l'impression, si le livre était lu, expurgé et visé par six personnes recommandables qu'il se réservait de choisir. C'était le rétablissement de la censure, ni plus ni moins. L'auteur pouffa de rire, et la négociation en resta là.

Le plus beau jour de la vie d'Hortense fut le jour où son cher mari, après avoir relu Jean Moreau d'un bout à l'autre et fait les dernières corrections, lui mit le manuscrit entre les mains et lui dit : « Chère enfant, voilà le meilleur de mon esprit. J'écrirai sans doute autre chose, mais je ne me sens pas capable de mieux. Prends ce livre, je ne te le donne pas, car il était à toi avant de naître ; je te dois le loisir et le bonheur dont il est fait. »

Il était onze heures du soir, tous les hôtes de Bellombre dormaient comme on ne dort qu'à la campagne, après la chasse. Étienne se mit au lit, Hortense prit place à son côté et demanda la permission de lire un chapitre. Elle en lut deux, puis trois, si bien qu'Étienne s'assoupit. Il se réveilla plusieurs fois, la lampe était toujours allumée.

« Mais dors donc, chérie ! disait-il

– Tout à l'heure, mon ami ; il n'est pas tard, et je suis si heureuse »

Le matin, vers huit heures, il étendit un bras, ouvrit les yeux et s'aperçut qu'il était seul dans le grand lit. Sa seconde pensée fut pour le manuscrit qu'il avait confié à sa femme ; Jean Moreau n'était plus là. Il sonna la femme de chambre et dit :

« Où est madame ?

– Monsieur, il y a une bonne heure que madame est sortie.

– Avec un livre ? Avec un paquet en forme de livre ?

– Oui, monsieur.

– Dans le parc ?

– Non, monsieur, dans le village. D'ailleurs voici madame. »

Hortense se jeta au cou de son mari :

« J'ai tout lu, dit-elle. Je n'ai pas fermé l'œil, impossible de m'arracher à notre livre. Que c'est bon ! Que c'est vrai ! Que c'est beau ! Tu as raison, Étienne, c'est ton chef-d'œuvre ; mieux encore, c'est toi !

– Qu'en as-tu fait ?

– Me crois-tu femme à perdre ce que j'ai de plus cher ? Non, mon ami, tu peux être tranquille.

– Tu as serré le manuscrit ?

– Parfaitement… Sans doute.

– De quel air singulier tu dis cela !

– Tu t'es donc aperçu que je mentais ? Eh bien ! tant mieux, j'en suis contente. Ta femme ne peut rien te cacher, même pour un grand bien. Voici le fait. Tu m'approuveras, j'en suis sûre.

– Mais parle donc

– Ah ! si tu me fais peur, je ne saurai plus rien dire. Tes discussions avec mon ex-beau-frère, ses résistances, tes scrupules, votre malentendu, me faisaient peine et pitié. Je n'ai jamais douté de ton bon droit, mais je me demandais par moments s'il n'était pas cruel de contrister ce pauvre bonhomme. La lecture de Jean Moreau m'a dicté un parti héroïque. Il est moralement impossible qu'un être intelligent s'oppose à la publication d'un tel livre après l'avoir lu. Je suis allée chez Célestin, je lui ai dit :

« Lisez et jugez-nous !

– Malheureuse ! Mes habits ! Arriverai-je à temps ?

– Que crains-tu ?

« Tout. J'en mourrais. Je sens qu'il me serait impossible de récrire ce qui est fait. Et je n'ai pas songé à garder une copie ! »

Il courut.

Célestin Bersac était assis devant le pavillon des Coudrettes ; il faisait sauter un de ses petits-enfants sur ses genoux. c Monsieur Étienne, j'ai bien l'honneur. Donnez-vous la peine d'entrer. Vous paraissez ému ; j'espère qu'il n'est rien arrivé à madame depuis une demi-heure qu'elle nous a quittés ?

– Ah ! vous avouez donc qu'elle est venue vous voir ce matin ?

– Sans doute, pour m'apporter certain opuscule qu'elle daignait soumettre à mon humble appréciation.

– Où est-il ?

– Mais chez nous, je pense, à moins pourtant qu'il ne se soit envolé. »

Étienne respira.

« Monsieur, dit-il, vous seriez bien aimable de me rendre ces papiers. Vous les lirez, je vous le jure, mais dans quelques jours seulement, lorsque le manuscrit, qui est unique, sera au net.

– A vos ordres. «

Le petit vieillard remit l'enfant aux mains de la mère, et il entra dans la maison suivi d'Étienne. Les deux hommes s'arrêtèrent dans un sorte de salon oh le portrait de Bersac aîné, en robe de luge, avait l'air de compter et d'estimer au juste prix les vieux fauteuils de Bellombre.

« Mon Dieu, monsieur, dit Célestin, c'est ici que j'ai reçu la visite de madame. Je ne sais pas exactement où j'ai mis les paperasses en question, mais à force de les chercher... Non, ma foi ! pas plus de manuscrit que sur la main. Est-ce que vous y teniez beaucoup ?

– Plus qu'à la vie !

– J'en suis bien désolé, vos papiers sont perdus. Voulez-vous fouiller la maison ? »

Étienne répondit froidement :

« C'est inutile. Votre parole me suffit. Jurez-moi seulement sur l'honneur....

– Sur quel honneur ? le mien ou le vôtre ? Vous m'avez enseigné le prix d'une parole d'honneur. »

Le romancier se demandait si le plus court ne serait pas d'étrangler ce vieux monstre. Célestin devina sa pensée et lui dit :

– J'ai quatre-vingts ans. cher monsieur Mon fils est à Saigon ; vous n'irez pas lui chercher querelle si loin. Les tribunaux ? Ils me condamneraient peut– être à deux ou trois mille francs de dommages-intérêts. Voyez ce qui vous semblera le plus avantageux et le plus honorable.

– Qu'est-ce que je vous ai fait ?

– Presque rien. Vous m'avez berné à Paris en séduisant une personne que je surveillais nuit et jour ; vous jouissez d'une fortune qui devrait être à moi et d'une femme que je destinais à mon fils. Vous êtes cause que George, ma seule affection, s'est marié petitement, et qu'il mourra peut-être au bout du monde. Vous êtes jeune, grand et beau, je suis vieux, petit et laid ; vous n'avez eu que des succès, je n'ai eu que des déboires ; on vous a couronné de lauriers sur une scène où l'on m'avait jeté des pommes : en vérité, je serais bien injuste si je ne vous aimais pas de tout mon cœur !

– Mais votre religion défend la haine et la vengeance, elle condamne le vol, et vous m'avez volé le travail de toute ma vie !

– L'Église n'a jamais interdit la destruction des mauvais livres. J'étais homme à tout pardonner, si vous vous étiez mis avec nous.

– Ainsi donc vous avez détruit

– Rien, cher monsieur, vos papiers sont perdus ; voulez-vous que nous recommencions à les chercher ensemble ?

Étienne se sentait devenir fou ; il eut peur de commettre un crime et s'enfuit. Il rentra au château pour l'heure du déjeuner et s'habilla aussi soigneusement qu'à l'ordinaire. Hortense était inquiète, il prit la peine de la rassurer. Quelques convives croient se rappeler qu'il mangea avec gloutonnerie, qu'il parla beaucoup au dessert, et que le fil de ses idées se rompait de temps à autre. Sur les deux heures, il sortit à cheval et ne reparut point. On le chercha toute la nuit ; la douleur de sa femme était déchirante.

Tandis qu'on fouillait les rivières, les étangs et les bois du voisinage, je le vis entrer dans ma chambre à huit heures du matin. Il semblait triste jusqu'à la mort, mais assez raisonnable. « J'étais né pour produire toujours et toujours, me dit-il, comme tous les vrais artistes. Cette longue oisiveté qu'ils m'ont imposée m'a rendu malheureux pour ainsi dire à mon insu, au milieu de toutes les douceurs de la vie. Je n'ai jamais été pleinement satisfait ; quelque chose me manquait, et je ne pouvais dire quoi ; j'avais la nostalgie du travail. Le voyage de Paris m'a ouvert les yeux, je me suis mis à l'œuvre ; il s'est fait dans mon esprit une sorte de débâcle, les idées qui s'étaient accumulées en moi ont débordé avec tant d'impétuosité que je n'en étais plus maître Ce fut un phénomène unique ; on ne le reverra plus. Il me serait aussi impossible de recommencer Jean Moreau qu'à la Néva de rappeler les montagnes de glace qu'elle a précipitées dans la mer. »

Il m'exposa très-nettement sa fuite de Bellombre, et le détour qu'il avait pris pour gagner une station voisine où il était inconnu ; mais je ne pus lui arracher la cause de son départ : il ne savait pas lui même ce qu'il venait chercher à Paris. Il témoignait une violente aversion pour sa femme, tout en disant qu'il l'avait adorée jusqu'au dernier jour. « Je ne lui pardonnerai jamais, disait-il, d'avoir cru à la loyauté de ce vieux monstre. »

C'est dans cette visite qu'il me pria d'écrire et de publier son histoire pour l'instruction des contemporains. Je me moquai un peu de ses pressentiments funèbres, et je voulus le retenir à déjeuner. Il s'excusa sur quelques visites urgentes. : « J'ai besoin de voir Bondidier ; on m'attend à l'imprimerie, et d'ailleurs je n'ai pas encore retenu ma chambre au Grand-Hôtel. »

J'avais moi-même à travailler ce jour-là, et je ne sortis pas avant cinq heures. Les premières personnes que je rencontrai sur le boulevard m'abordèrent pour me conter son arrivée et les extravagances qu'il avait faites.

Quelques minutes après m'avoir quitté, il entra dans une librairie et demanda la sixième édition de Jean Moreau. Le commis répondit que l'ouvrage était annoncé, mais qu'il n'avait pas encore paru. « Tu mens, faquin, dit-il en serrant le jeune homme à la gorge ; les cinq premières ont été enlevées ce matin !, La même scène s'était renouvelée dans plusieurs boutiques avec des variantes à l'infini.

Chez Rosenkrantz, son relieur, il demanda si l'on pouvait lui habiller magnifiquement un manuscrit de six à sept cents feuillets in-4°. Il choisit le maroquin du Levant, commanda les fers neufs, en esquissa plusieurs lui-même. « Il faudra vous hâter, dit-il ; c'est pour la reine d'Angleterre, elle attend. » Rosenkrantz demanda où l'on devait faire prendre l'ouvrage ? Il répondit en ricanant : « Eh ! mon cher, vous seriez trop content si je vous le disais Cherchez et vous trouverez. Le beau mérite de relier un manuscrit quand on l'a sous la main ! Adressez-vous au dix-septième nuage à main gauche ; Saint Pierre a mes ordres : bonjour ! »

Au cabinet de lecture du passage de l'Opéra, il bouleversa tous les journaux en criant : « Je veux l'Indépendance Belge ; mais entendez-moi bien ! Il me faut le numéro d'après-demain, jeudi, celui qui est imprimé en lettres d'or : Victor Hugo m'a fait un grand article sur Jean Moreau ! »

J'envoyai le soir même une dépêche à Bellombre. Mme Étienne accourut à temps pour le soigner et le pleurer, trop tard pour échanger une idée avec lui.

Quelques journaux n'ont pas craint d'expliquer sa maladie et sa mort par l'abus des alcools, qu'il exécrait, et du tabac, qu'il ignorait.

V.

Hortense s'est replongée au fond de la province, emportant avec elle les tristes restes de son mari. On ne sait presque rien de sa vie ; l'ancien hôtel Bersac est fermé. La pauvre veuve, qu'on dit terriblement vieillie, végète en grand deuil dans un coin de Bellombre près du tombeau de l'homme qu'elle s'accuse d'avoir tué. Elle pleure comme aux premiers jours et prie parfois avec fureur ; mais sa dévotion est intermittente. On dirait par moments qu'elle a peur d'obtenir au ciel une place trop haute qui l'éloignerait éternellement de lui.

Bondidier la tient au courant des affaires ; vous savez que la veuve d'un écrivain continue pendant trente années la personne de son mari. L'édition des œuvres complètes a réussi au-delà de toute espérance ; les volumes sont clichés, ils se vendent aussi régulièrement que les nouvelles de Musset et les deux romans de Stendhal. Dans les quelques années qui ont suivi sa mort, Étienne a plus gagné qu'en toute sa vie. Hortense écrivait dernièrement à Bondidier : « Assez ! ne m'envoyez plus rien. Je ne suis que trop riche, hélas ! J'imagine par moments qu'il me poursuit de ses bienfaits et que cet argent vient me dire : Il n'a pas fait un si beau mariage que vous ! » Bondidier répondit : « Ah ! madame, que serait-ce si nous avions Jean Moreau ! »

Lundi passé, comme on venait de mettre en terre un petit fagot de bois sec appelé Célestin Bersac, le vieux curé de Saint-Maurice se présenta chez Hortense et lui dit : « Madame, le cher homme a fait la paix avec les morts et les vivants. Vous n'avez jamais voulu le revoir depuis la date fatale ; il vous prie de lui pardonner ses offenses envers vous et envers votre regretté mari. Son repentir était sincère ; il a voulu mériter la clémence céleste et rendre à notre pauvre église le clocher que Robespierre et Marat ont détruit en haine de Dieu. Mon père, m'a-t-il dit, vous porterez à Mme Étienne ce paquet cacheté que nous avons serré ensemble dans le trésor de votre sacristie le 4 septembre 186., à sept heures trois quarts du matin.

Il renferme des papiers de valeur dont la vente à Paris fournira probablement la somme qui vous manque. »

Hortense brisa le cachet et trouva le manuscrit de Jean Moreau.

L'ouvrage est dans mes mains, la Revue le publiera sans doute un jour ou l'autre